人生の約束

山川健一

幻冬舎文庫

人生の約束

目次

プロローグ

塩谷航平《しおたにこうへい》は暗闇の中に横たわり、両目を開いていた。既に闇に慣れた目は病室の中のさまざまな陰影をとらえることができた。だが航平が見ていたのは、むしろ闇の向こう側である。

暗闇を通り越した果てにある金色の光。

暖かい色を放ちながら浮かびあがる提灯《ちょうちん》。

それは、提灯に飾られた曳山《ひきやま》だ。

提灯には「四十物町《あいものちょう》」と書かれ、高さ八メートルの四輪大八車《よんりんだいはちぐるま》様式の山車《だし》が佇んでいる。提灯の明かりに照らされた曳山は、この世界で最も美しいものだ。亡くなった父親が航平にそう教えた。父親に抱っこされた子供の航平は、曳山の頂上の金色に輝く標識を見上げた。四十物町の標識は金色の打出《うちで》の小槌《こづち》である。それは豊かさの象徴であり美しく、だが同時に少し怖くもあった。祭りを重ねる度に、航平は自分がこの打出の小槌を畏怖《いふ》する理由を少しずつ理解していった。

打出の小槌は鬼の宝物であり、曳山は山の象徴だ。山岳の岩や木を依《よ》り代《しろ》に天から神が降臨するように、曳山にも神が降りてくる。

豪奢《ごうしゃ》な曳山は豊かさと美の象徴である前に、祖先の霊につながり、さらに神々につながるアンテナなのだ。その土地で生き、その土地の自然に侵され染め上げられ、やがて死んでいったすべての祖先とこの国の神々に、曳山の輝きはつながっているのだ。

夜の曳山は、提灯山と呼ばれる。

透明なビニールの管が鼻にあてがわれ、航平の呼吸を助けていた。この管を取り去れば自分は死ぬのだろうか、と航平は考える。そうなのかもしれない。いずれにせよ、自分にのこされた時間がもうそれほど長くないことは明らかだった。不思議なほど、怖くはなかった。ただ悔しさだけが、錐《きり》の切っ先を胸にもみ込まれたように彼を苦しめた。

四十物町にとっていちばん大切なものが、人手に渡った日のことを、航平は忘れられないでいた。

曳山を挟んで四十物町と西町《にしまち》の男衆が向かい合っていた。二十人に満たない四十物町に比べ、相手は三倍を超える人数で居並んでおり、彼らの法被《はっぴ》の背中には白地に黒く「西町」と書かれていた。

　江戸時代から四十物町のものだった曳山が、できて間もない西町に引き渡されたあの日。曳山の譲渡式。それは、三百六十年以上も続く射水《いみず》の曳山祭り始まって以来の、誰も経験したことのないものであった。

　曳山に貼られた「四十物町」と書かれた紙が「西町」と書かれた紙に取り替えられるのを、航平はじっと見ていた。それは、譲渡式というより、まるで葬式のようであった。明日がない日めくりの暦のようなものだと航平は思った。無念の気持ちを胸の奥深くに押し込めながら、航平は倒れた。そのまま市内の病院に運び込まれたのだった。

　ノックされることもなく、病室のドアがそっと開けられる気配があった。航平は目を閉じる。誰かが近づいて来る。看護師ではない。娘の瞳《ひとみ》にちがいなかった。枕元の椅子に、彼女は腰かけたようだ。何か声をかけたいと思う。だが上手に声を出す自信がなかった。入院してからは、大事な友達にせっかく電話が通じたというのに、うまく声を出すことができないのだ。相手は、妙な電話だと思ったことだろう。それに娘の瞳にも、何を言えばいいのか航平にはわからないのだった。

瞳にも友達にも、さよならの挨拶をすればいいのだろうか？　いやいや、そんなことだけはしたくなかった。

それで彼は、目を閉じたまま、群青の日本海を思い浮かべた。そして、海に浮かぶような立山連峰を。

そびえ立つ曳山を見上げている小さな男の子の背中が見える。あれは子供の頃の自分だ、と航平は考える。曳山に提灯はなく、花笠などで飾られている。

提灯の代わりに着飾った昼の曳山は「花山」と呼ばれ、先祖代々、親しまれてきた。

男の子はだぶだぶの藍色の古い法被姿で、背中には白く、「四十物町」と染め抜かれている。

その背後には、同じ法被の男衆が並んでいる。

曳山は、江戸時代に放生津《ほうじょうづ》の宮大工連を中心に山体が作られ、彫刻・塗箔《ぬりはく》・彫金についても、飾師や檜物《ひもの》師が精魂を傾けて作ったのである。

祖先や神々は、曳山を通してやってくる。俺は今、と航平は考えた。それとは反対に、曳山を通してこの世界を離れようとしているのだ、と。だがその曳山は、もはや人手に渡ってしまったのだ。

不意に誰かの、おそらくは娘の瞳の手のひらが、額にあてがわれた。俺はこの世界で何を成し遂げたと言うのだろうか？　失敗ばかりだった。何を成し遂げることもできなかったのだ。実際、俺は何もできなかった――。

航平の目尻から涙が零れ、それを瞳がハンカチで拭った。

1章　富山、新湊へ

新宿にある、旧伯爵邸のスパニッシュ建築の洋館前に、黒塗りの高級車が続々と到着する。

やがて5リッターのV8エンジンを搭載したジャガーXJRが、その名の通り猫のようにしなやかに滑り込んで来た。ボディカラーは、夜明け直前の空のような濃いブルーだ。

ドライバーズシートの方から、スーツを着た男が降り立った。IT関連企業、株式会社N&Sグローバルの中原祐馬《なかはらゆうま》である。クルマが好きな祐馬は、ほとんど後部座席に乗ったことがない。駆け寄ったベルボーイにキーを手渡し、フロントの方へ歩き始めた。歩きながら、タイを締める。

助手席から秘書の大場《おおば》由希子《ゆきこ》も降りて、祐馬の後を追った。

通販会社ジャパン・コレクトの社員が気がつき、慌てて祐馬を出迎えるが、祐馬はほとんどそれを無視し、足早に洋館のエントランスに入って行った。ジャパン・コレクトの通販事業部門はテレビを巧みに使って一時は業績を伸ばしていたが、テレビそのものの凋落《ちょうらく》と共に業績を落としていた。

N&Sグローバルの若い役員である、沢井《さわい》卓也《たくや》が祐馬を待っていた。がっしりした体の上に、憎めない柔和な顔が乗っている。

祐馬は足を止めずに、

「株式交換じゃだめなのか？」と小声で言った。

「先方はあくまで現金にこだわってます」

周囲を憚《はばか》ってか、沢井が低い声で言う。

「いつものファンドを噛ませればいいな」

今度は少し強い声で、沢井が言った。

「ジャパン・コレクト、本気で買うんですか。今買えば、確実に我が社の荷物になります」

祐馬は立ち止まり、沢井を冷たい目で見た。

「勝算はある。だから買えと言ってるんだよ」

「はい……」

沢井は納得がいかない様子でパーティ会場である中庭へ戻って行った。

由希子が複雑な表情で沢井を見送った。

「ご無沙汰しております」

声をかけられ、振り返ると美術商をやっている顔見知りの四十代の女性である。藤《ふじ》井利《り》香《か》子《こ》という名前だ。

小さな、だがよく通る声で利香子が言う。

「こんな席でお話しするのもなんなんですけど、実は買っていただきたいものがあるんですよ」

少しばかり身構え、祐馬はシックなグレーのドレスに身を包んだ利香子を見る。

「私に買えるようなものでしょうか」

「ルノワールです。実はうちで買い付けを予定しているルノワール・コレクションの絵画があるんです。一部をN&Sグローバルさんで買っていただけませんでしょうか。とてもいいものなんです。あるいはどなたか適当な買い手を探していただければ」

パーティ会場のあちこちから、自分に向けられた視線があることに、祐馬は気がついていた。藤井利香子の父親は銀行筋の大立者《おおだてもの》で、だから皆がなんとなく無視できないのである。祐馬も彼女の父親に「娘の面倒を見てやってくれ」と頼まれていた。

「私に、絵なんかわかるでしょうか」

唐突な申し出に、祐馬はとりあえずそう答えた。

「中原社長は印象派がお好きだって、皆さんおっしゃってますよ。パリの美術館通だって」

いやいや、それは俺ではない。塩谷航平の方だ。そして航平はもうとっくに会社を辞めている。ワイングラスを持つ利香子の指に、大粒のダイヤが光っているのを、祐馬は見た。

「このお話は……」

「中原さんに最初にいたしました」

「ありがとうございます」

祐馬は頭を下げる。

「近々うかがってもよろしいかしら」

「お待ちしております」

「秘書室に電話しますね」

ワンピースの上に黒のジャケットを羽織った秘書の由希子が黙礼するが、利香子は行ってしまう。祐馬が一つ溜め息をつき歩き出そうとすると、スマホが鳴った。スマホには〈塩谷航平〉と表示されている。

「またか……」

由希子が怪訝な表情をする。

祐馬はスマホをマナーモードに切り替え、エントランスを抜けて行った。

広い中庭では、ジャパン・コレクトが取引先を招いた盛大なガーデン・パーティが行われていた。芝生の上で、女性ばかりの四人組がモーツァルトの弦楽四重奏を奏でている。こんなことに無駄な経費を使うその神経が理解できないな、と祐馬は思う。

役員の中でいちばん祐馬に年齢の近い加藤善浩《かとうよしひろ》がやって来て、軽く頭を下げた。

「社長、お疲れ様です」

祐馬に気づいたジャパン・コレクトの役員たちが握手を求めてくると、祐馬は笑顔で握手を交わした。相手が行ってしまうと、隣の加藤に、吐き捨てるように、

「呑気なもんだ。自分の会社が更地になるとも知らずに」と言った。

祐馬はM&Aで吸収した企業の赤字部門を情け容赦なく切り捨て、黒字部門を育成することにかけて希有《けう》な才能を発揮した。暖簾《のれん》とかしがらみとか人情とかいったものとは別の領域に生息する新世代のビジネスマンであるからだ。それは中原祐馬が非情なのではなくビジネスというものが非情だからだ、とかつて塩谷航平が評したことが

あった。

加藤が返答に困っていると、祐馬の部下の役員である風間輝樹《かざまてるき》と太田文平《おおたぶんぺい》がやって来た。

沢井だけは離れたテーブルでジャパン・コレクトの役員と談笑している。

祐馬が沢井を見て、

「……迷いが出る年齢ではあるんだが」と呟いた。

「沢井が何か？」と加藤が言った。

「ジャパン・コレクトを買えば、会社の荷物になるだけだというのが彼の見解らしい」

「せっかく抜擢していただいたのに、そんなことを」

加藤が困惑した表情を浮かべる。

まだ若くお調子者の太田が、

「私は買いだと思いますが。ねえ、風間さん」

社内でポスト中原の最右翼は風間輝樹だと言われていることを、祐馬はよく知っていた。風間は確かに切れ者だが、加藤のような懐の深さはまだない。

「ああ……」と風間がそつなく応じる。

「加藤、次の役員会で沢井の処遇を検討しろ」

「は？」

「今のポジションを外すんだよ。迷いというものは想像以上に感染力があるものなんだ。拡大か縮小か、企業にはこの二つしかない。現状維持なんてものは絵空事だよ」

祐馬はボーイのトレイからシャンパンのグラスを取り、クルマで来たことを思い出し由希子を振り返った。

由希子はうなずき、

「帰りは私が運転します」と言った。

「他にも迷いが出てきた奴をリストアップしろ。会社ってものがどんなものか、教えてやる。生き残るのは、変化できる者だけなんだ」

祐馬が密かに敬愛している、チャールズ・ダーウィンの言葉である。

最も強い者が生き残るのではなく、最も賢い者が生き延びるのでもない。唯一生き残るのは、変化できる者である──。

それがダーウィンの進化論が導き出した結論だ。

三十八億年にわたりイノベーションし続けた、地球上のあらゆる生命の進化ばかりではなく、ダーウィンの進化論は宇宙の進化やビジネスシーンについて考える時にも有効なのだと祐馬は思っている。宇宙が絶妙なパラメータを持っている理由も、進化論のアナロジーで説明できるのだと祐馬は信じていた。そしてある時に気がついたのだ。ビジネスというものも進化論で解き明かすことができるのではないか、と。

M&Aを繰り返し、また多くの部門を子会社化し独立させていったのも、生命の有性生殖における多様性を重要視しているからだった。均一な事業だけにフォーカスしていると、突発的な時代の変化に対応できずに行き詰まる。だが多様な業態を持っていればどんな変化にも対応することができる。社内でそういう議論ができるのは、思えば塩谷航平だけだったのだと祐馬はあらためて考えた。

祐馬のスマホがポケットの中で振動している。取り出すと、また〈塩谷航平〉の表示である。

N&Sグローバルは事実上、学生時代からの友人同士である中原祐馬と塩谷航平が二人で始めた会社だった。中原と塩谷でN&Sだ。インターネット上の広告代理店業務からスタートし、必死の思いで上場を果たした。大金が転がり込み、それを資金に

M&Aを繰り返し、祐馬はコンテンツビジネスの方向へ舵を切ろうとした。だがさまざまな場面で祐馬と対立するようになった航平は会社を去った。

最後に会社の会議室で大喧嘩した時に航平が言い返してきた言葉が、この場の空気を震わせる音声そのものとして蘇《よみがえ》ってくる。

「生命が生命にとって生きやすい環境を作るように、ビジネスもビジネスにとって生きやすい環境を作るべきではないのかね？　そういうこと、考えたことがあるか？」

クソッタレめ、と祐馬は航平の言葉を思い出す度に思うのだ。進化は進歩とイコールではない。つまり価値のあるものが生き残るのではない。適者だけが生存を許されるのだ。進化論に退化という考え方は存在しない。あるのはただ、変化だけだ。そしてそれは、ビジネスにしたって同じことなのだ。

怪訝な顔をした由希子が隣に来て、

「お出にならないんですか？」と言った。

「……航平だ」

「塩谷さんですか？」

由希子が目を見開いた。

「先週もかけてきた」

祐馬は無造作にスマホをポケットに突っ込んだ。いくら待ってもおまえは帰って来なかった――と祐馬は航平に語りかける――それを、今頃になってなんだ！

富山の、海を見渡すことができる病室である。

部屋に西陽が射し込み、白いベッドカバーを矩形《くけい》に明るく照らしている。制服姿の少女がベッドの傍らに立っていた。航平の娘の瞳である。

ベッドの上の航平の痩せた手からスマホが床に落ちた。

それを瞳が拾った。

横たわった航平は、衰弱して意識を失ったわけではなかった。むしろ明晰夢《めいせきむ》を見るように、透き通っていた。

航平は、金色に輝く曳山を通って浮かびあがっていった。穏やかな濃紺の海と、白く冠雪した立山連峰を見下ろすことができる。

やがて、宇宙空間に浮かんでいる自分を発見した。半透明な光のボールに包まれたまま空間に横たわり浮かんでいる。

横たわったまま流され、視界の隅の遥か彼方に地球らしいブルーの星が見える。

やがて、土星が見えてきた。土星はとても大きく、特徴的な輪も見える。航平は横たわったまま、土星の近くを浮遊しているのだった。

やがて誰かの声が聞こえた。

Home――。

土星ではなく、この宇宙空間そのものがあなたのホームなのだ、という意味なのだと航平は理解した。自分は今、肉体を超えた意識そのものなのだろう。そのことを理解しないと、きっと死んでいくということを理解することはできないのだ。漠然と、航平はそんなことを考えた。この宇宙空間は無ではなく、ちゃんと有るのだ。有るということがつまり、ここが自分にとってのホームだということだ。

やがて航平は惑星に降下して行く。

鮮やかなピンク色の空が広がり、大地は黄色である。ハリエニシダのような植物が群生しており、ところどころに泡状の生命体みたいなものがいる。再び浮かび上がり、すると航平は宇宙空間に広がるオーロラのような光そのものになっているのだった。

オーロラとしての自分が空間に広がっているのを感じる。

そいつは拡散していく。やがて航平は、自分が宇宙全体に広がったオーロラ、宇宙意識とでも言うしかないものになっているのを感じた。

意識体となった航平は、宇宙に限無く広がっているのだった。もはやある点を浮遊しているわけではなく、見えない存在として宇宙と同化している。

ああ、そうか、と航平は思った。

輪廻《りんね》を脱して解脱するというのは、案外とこれに近い体験なのかもしれないな、と。

林檎《りんご》を食べると、それは自分の体の一部になる。さっきまでは林檎だったものが、今は塩谷航平になっている。食べるってことは、不思議で奇怪な行為だなと航平は考えた。

人間の体のほとんどは水でできている。

水は空から降って来て、大地に染み込み、それを俺達が飲んでる。水だけじゃない。地球上のあらゆる物質が巡り巡って俺達の体を作ってるんだ。われわれ自身が地球なのだ。

地球は宇宙で大きな星が爆発し、その欠片《かけら》からできた。宇宙はわれわれの故郷で、だから星々や月を見ると懐かしいと感じるのだろう。葉から零れ落ちる一滴の水の中に宇宙があるという仏教の教えは、たとえ話ではなく、本当のことだったのだ。

航平は静かに目を開いた。

覗き込む瞳の顔が、間近にあった。航平が口元に微かに笑みを浮かべると、瞳はゆっくりとうなずいた。


夕方、赤坂にある株式会社N&Sグローバル本社のエントランスに、一人の初老の男が押し掛けて来ていた。

「社長を出せ！　中原に会わせろ！」

悲痛に喚く初老の男をガードマン数人が床に押さえ込み、騒然となっている。

そこへ祐馬とそのスタッフ達が帰って来た。

「何やってる」

「先週倒産した紡績会社の社長です。うちのM&Aを逆恨みでもしてるんでしょう」

太田がそう答える。

「ここで自殺だけはさせるな。面倒だ」

祐馬はそう言うと、平然とエレベーターに乗り込んだ。

M&Aは正当なビジネスの方法だ、と祐馬は思っている。

数年前にも、N&Sグローバルは全国で加盟店を含めて四百店舗以上を数える居酒屋チェーンに出資したことがあった。

北海道出身の居酒屋チェーンのオーナーが業務拡大にともない、株式の上場を考えるようになっていたのを知った祐馬は、提携話を持ちかけたのである。

提携話は順調に進み、両社折半の出資会社が設立された。社長には居酒屋チェーンのオーナーが、会長にはN&Sグローバルの幹部が派遣された。

社員の多くは当時、株式上場によるキャピタルゲインを得ることを意図しているのだろうと考えていたにちがいない。だが、祐馬の意図は別のところにあった。

この居酒屋チェーンの将来性と利益率がよいことに注目していた祐馬は、最初から吸収を視野に入れていた。世間はそれを乗っ取りだと表現した。

居酒屋チェーンに、N&Sグローバルと組めば上場が早くできますよと言葉巧みに提携話を持ちかけ、これが実現すると順次役員を送り込んだ。そして、経営指導料という名目で年間一億円もの利益を吸い上げていったのだ。さらにN&Sグローバルからの派遣役員については、一人当たり年間一千万円の人件費還付金を請求した。

そして祐馬は強引に増資を決め、倍額増資し資本金は二億円とした。そのうえ、居酒屋チェーンの創業社長の親族の持っていた株式も取得し、オーナー社長を放り出してしまったのだ。

N&Sグローバルの社内では、祐馬が「一日も早くオーナーの首を切れ」という指示を出していたのを、多くの人間が知っていた。

日刊紙に〈N&Sグローバルの血も涙もないやり口〉という記事が掲載されたものだった。だが、と祐馬は思うのだ。あの居酒屋チェーンの本当の敵はM&Aを仕掛けたこの俺ではなく、同業他社だったはずだ。あの会社自身がスケールメリットを欲していたのだ。

企業とは誰のものかという議論が度々なされる。祐馬は「企業とは企業自身のものだ」と経済雑誌で発言し、あちこちで顰蹙《ひんしゅく》を買ったことがあった。

会議室の、各自の名札の前に役員が座っており、加藤善浩が報告をしている。中央に祐馬の席があり、彼はポジションを外され空席の沢井卓也の席をちらりと見た。

加藤が説明を切り上げるように言った。

「ジャパン・コレクトも強気なので、多少時間はかかるかもしれませんが、三百億から三百五十億の間で落ち着きそうです」

太田が加藤をアシストする。

「ファンドとも調整中ですが、三百億ならお互い旨《うま》みがあると思いますよ」

「何が旨みだ」

祐馬が若い太田文平を一喝した。その一言に全員が緊張する。

「三百億も必要か。もっと叩けよ。向こうは体力がないんだ」

「ですが、あまり叩けば反発も」と、風間が珍しくおずおずとした調子で言った。

「どうせ最後はうちのブランドにすがりつく。違うか？」

「その通りです。ですよね？」

太田が即座に答え、加藤に同意を求めた。

「十二分に可能だと思います」

加藤がそう答え、祐馬は風間を見据えた。

「どうなんだよ、風間。おまえの意見は？」

「……社長の仰る通りかと」

「二百五十億まで叩け。それが風間、おまえの仕事だ」

腕時計に視線を落とすと祐馬は立ち上がり、無言のまま会議室を出て行った。広いガラス窓の向こうに、昼間の東京の街並みが見えていた。汚らしいなと祐馬は思う。光に照らされた都会は汚れている。

社長室のドアを開け、ソファに腰を下ろす。次のアポイントまで十分ほどあるはずだった。頭の後ろで指を組み、祐馬は静かに目を閉じた。

数日後、富山県射水市新湊《しんみなと》地区である。

かつては新湊市と呼ばれたこの辺りは富山湾のほぼ中央に位置し、古くから北前船の中継地として栄えた。日本海の向こうには立山連峰が見渡せ、全長三・六キロにわたって内川と呼ばれる運河が町をゆったりと流れている。内川は漁に出る漁船の停泊地であり、欄干もない生活の川だ。川の両岸には古い漁師の家や番屋《ばんや》と呼ばれる漁網の倉庫が立ち並んでいる。

早朝、内川の川面を激しい雨が叩きかき乱し、それほど広くはない川幅の運河には漁に出られない船が並んでいた。雨は、内川の両岸につづく小道の舗石にぶつかり大粒の飛沫《ひまつ》を上げていた。

よく陽に灼《や》け引き締まった体軀《たいく》の渡辺鉄也《わたなべてつや》が、玄関の引き戸から飛び込んで来て、部屋に上がった。二階に向かって叫んだ。

「瞳、何してる？　瞳！」

二階の瞳の部屋は閉じられたままで、中から返事はない。

瞳の母親の陽子《ようこ》は帰郷した際、瞳を連れて実家の渡辺家に身を寄せた。陽子が亡くなってからは陽子の兄の鉄也夫婦が瞳の面倒を見ているのであった。

父親の航平が帰郷した時、既に母の陽子は亡くなっていた。父親が渡辺家のすぐ近くの運河沿いの家で暮らし始めてからも、瞳は懐こうとはしなかった。瞳が父親を気にかけるようになったのは、皮肉なことに彼が入退院を繰り返すようになってからのことだ。

鉄也は諦《あきら》め、仕方なく玄関へ急いだ。

玄関で、妻の美也子《みやこ》が合羽を鉄也に渡した。パジャマ姿の今年四歳になった息子の尚樹《なおき》が美也子の傍に立っている。

「瞳ちゃんは？」

子供は答えず、鉄也は合羽を羽織りながら引き戸を開けて玄関を飛び出した。庭の格子戸を開ける。黒の合羽を着込んだ鉄也は川沿いの小道を、走って行った。

その後ろ姿を、美也子が心配そうに見送った。

雨が降りしきる内川沿いの道を、鉄也が駆けて行く。

西村理髪店では軒下で四十物町町内会長の西村玄太郎《にしむらげんたろう》と妻の好子《よしこ》が激しい雨を見ていた。玄太郎は優しい顔をした男で、町内での人望も厚かった。

「よりによってこんな日によ。三途の川だって荒れてるだろうに……」

そう呟いた玄太郎はこめかみを押さえる。この頃、視界がかすむことがあった。

クラクションを鳴らしながら、漁師をやっている藤岡小百合《ふじおかさゆり》が運転する軽ワゴンが停まり、玄太郎がよろよろと乗り込んだ。

「玄さん、大丈夫?」

玄太郎は二、三度うなずく。

市民病院の廊下を、鉄也が合羽を脱ぎながら急いで行く。

「親方!」と小百合の声が背後で聞こえ、鉄也は振り返る。

小百合が玄太郎と共にやって来るのが見えた。

二人と一緒に鉄也が病室に入ると、ベッドに白い布を顔に被せられた男の遺体が横たえられていた。塩谷航平が亡くなったのであった。

思わず、玄太郎の肩に顔を寄せて小百合が泣いた。

鉄也はまじまじと、航平を見つめる。

航平は鉄也にとって、妹の陽子を放ったらかしにした亭主である。帰郷してからも、娘の瞳を引き取ろうともしなかった。だがそういうことを超えて、鉄也はこの息を引き取ったばかりの男を愛していた。ボロボロになるまで戦い朽ち果てていったこの男は、やはり陽子の夫にふさわしい男だったのだと思えた。

玄太郎は涙を浮かべた顔で懸命に航平に笑いかけた。

「お疲れさま……」

鉄也が微かにうなずいた。


その頃鉄也の家の番屋の前では、美也子が尚樹を捜していた。

「尚樹！　どこにいるの、尚樹！」

番屋の戸が開き、軒下に尚樹の小さな背中が見える。

「何してんの。ほら、瞳ちゃん、起こしてきて」

だが、尚樹は一方を見たまま動かない。美也子は息子の視線の先を見る。内川にかかった橋の上で傘もささず、瞳が立っていた。

瞳はまだ中学生である。いつもはどこかこの田舎に馴染《なじ》まない繊細で洗練された気配を感じさせる少女だったが、今はずぶ濡れだ。激しい雨に打たれながら、ただじっと空を見上げている。

美也子は傘を持って行こうとしたが、中学生の瞳の背中がそれを拒んでいるように感じられ、四歳の息子を抱き上げた。

どうにかならなかったものかねぇと、美也子は下唇を噛んだ。これで瞳は、母親についで父親も亡くしてしまったのだ。夫婦の間のことだから別居は仕方なかったのだとしても、こんなふうに置いていかれた子供はどうすればいいと言うのだろうか。自分としては精一杯面倒を見ているつもりだが、それでも母親の愛情には遠く及ばない。夫の鉄也にしたって同じことだろう。

既に深夜に近い時刻だった。

赤坂にあるN&Sグローバルの会議室からは夜の街の明かりの向こうに、東京タワーを見ることができた。

　会議を終えた祐馬が由希子を従え、歩いて来る。夜というガウンを羽織った東京の街は美しいと祐馬は思う。

　向こうから沢井がやって来るが、二人は無言ですれ違った。あの日以来、沢井は会議に出席することさえ許されてはいないのだった。

　祐馬のスマホに電話がかかってくる。航平からだ。

「……またか」

「私が代わりに」

　由希子が差し出した手を制し、

「航平か？」

　通話が切れた。だがほんの二、三秒の間、微かに吐息が聞こえた。男のそれではない。若い、いや幼い女の子がもらすような、吐息である。

　胸騒ぎを、祐馬は抑えることができない。

　だいたい、これまでなんの連絡もよこさなかった男が、こうしばしば電話をかけてくることが理解できない。そしてたった今のこの電話は、航平の携帯を使って誰か別の人間が、おそらくは女性がかけてきたものだ。やはり、航平の身に何かあったのだろうか——。

　祐馬は社長室に入るなり、スマホをデスクへ投げ置いた。

　すぐにやって来た由希子が、

「塩谷さん、お切りになったんですか？」と聞いてきた。

「嫌がらせだな」

「実は、一週間前に私のところにも塩谷さんから……」

「えっ？」

　祐馬の顔が強ばった。

「でも話しにくそうで、声が嗄《か》れている上に小さくてうまく聞き取れなかったんです。電波のせいかと思ってかけ直したんですが、つながりませんでした。塩谷さんに何かあったんじゃないでしょうか」

「何かって、なんだ」

　由希子も同じことを考えているのかと祐馬は思う。由希子は祐馬と航平とは長い付き合いで、二人のことをよく知っている。

「たとえばご病気とか……お会いになって直接確かめてみてはいかがですか」

祐馬の顔にあからさまに動揺の色が浮かんだ。

「君だから本当のことを言うよ。そもそも、あいつが今どこにいるか、俺は知らないんだ」

間髪を容《い》れず由希子が答える。

「調べてみましたが、富山だと思います」

「富山？」

「故郷の新湊ではないでしょうか」

祐馬は深々と息を吐いた。

航平、おまえはどこで何をやっているんだ？

「……明日の予定はどうなってる？」

由希子が出て行った後、再び大きく息を吐いた祐馬は窓の外を見る。

夜景の向こうにライトアップされた東京タワーが見えるのだが、彼が見ていたのはガラスにぼんやり映る自分自身の顔であった。

会社の誰もが、秘書の由希子でさえも、上場後に俺が航平を切ったのだと思っているにちがいないのだ、と祐馬は思う。

俺があいつを切る？　まさか。航平の方が、こちらを見放したのだ。

袂《たもと》を分かつその瞬間まで、航平は俺を教え諭そうとしていたのだ。小さな頃に父親に先立たれ、一時期は親戚の家に預けられて育ったせいで家庭の温かみを知らず、それ故に他人を信じることができない下衆な俺を、ご丁寧にあいつは明るい太陽の下に導こうとしてくれた。俺はそれに我慢ならなかったのだ――。

なあ、航平、なぜ今頃になって電話してきたんだ？　そろそろ許してやると、そう言いたかったのか？　それとも、やはり許してはくれないのか。だったら最初から電話などしなければいい。

約束？　そうか、約束だったからか。もしもおまえがあれを覚えていればの話だけどな。では聞くが、航平、おまえの人生にとって最も大切なものとはなんだ？　この俺にとって一番大切なものとはなんなんだ？

「病気か」

そこだけ、祐馬は声に出して言った。自分の声に、少し驚いた。そして、やはりそういうこともあるかもしれないなと考えた。デスクに歩いて行き、引き出しを開け、もう何ヶ月もやめていた煙草に手を伸ばす。

一本くわえ、ライターで火をつけた。ニコチンが体に染みていくのが手に取るようにわかった。


翌日、中原祐馬は秘書の由希子を伴い北陸新幹線で富山へ向かった。

新高岡駅の北口で降りて黒塗りのハイヤーに乗り込み、海の方へ向かう。新高岡駅は高岡市中心部の少し南に位置し、駅北側は店舗や住宅地が、南側は水田が広がっていた。北口広場には、近くにある瑞龍寺《ずいりゅうじ》より寄贈された高さ四メートルを超える六角型石灯籠《いしどうろう》が設置されていた。

窓を流れる景色に祐馬は見入った。海の向こうに、立山連峰があたかも浮いているように見えたからである。

やがて、旧漁港の赤い灯台が見えてくる。運河沿いの道の左右には、古い家並みが続いている。

ハイヤーが停まり、祐馬が降り立った。運河に架かった橋へ近づいて行った。川面を風が渡り、時間が止まったような静寂が周囲を包んでいた。

祐馬は橋に佇んだ。

そこへ、海の方から一艘の漁船がやって来る。第一四十物丸である。

舳先《へさき》に、白い布に包まれた遺骨を抱いた制服姿の少女が立っている。

喪服の男が操縦している。

その様子を、祐馬は凝視した。少女が橋の上の祐馬に気づいたようだった。

二人は視線を交わした。

祐馬の表情がなくなっていく。少女は、かつて祐馬が愛した女に瓜二つだった。ハイヤーを待たせた由希子が祐馬に近づく。

「塩谷さんのお宅、あとは尋ね歩くしかありませんね」

「……航平だ」

感情を押し殺したような声で、祐馬が言った。

「遺骨を抱いているのが、航平の娘の……瞳、そう、瞳って名前のはずだ」

すべてが腑に落ちた、と祐馬は感じた。これまでの時間のすべてが、今この場所にフォーカスするために流れていたのかもしれない。

第一四十物丸が橋の下へ入る。

「まさか……どうして……」

由希子が、通りすがりの年配の女性に尋ねる。

「あの、今日、ご不幸があったんでしょうか」

「ああ、塩谷さんね」

由希子の顔が凍り付き、祐馬はやはりそうだったのかと思いながら、遠ざかって行く漁船を見送った。

2章　出会い

海岸沿いの国道に故障したフォルクスワーゲンは停まり、二十歳になったばかりの中原祐馬は後部のエンジン・フードを開け、油だらけになって水平対向エンジンをチェックしていた。助手席に座った陽子は青くうねる海を眺めながら、祐馬を置いて自分一人だけでも湘南の海の家へ帰るべきかどうか迷っていた。

今すぐに駅へ行けば、学生仲間で創業したイベント会社のメンバーはまだいるだろう。

窓から顔を出し、悪いけど私は戻るわ、と祐馬に言おうとした時、ラジオから聞き覚えのある声が流れてきた。かすれそうになりながら歌うその声を、陽子は覚えていた。陽子はラジオのボリュームをあげる。

「ねえ、これなんて曲?」

窓から顔を出し、大声で祐馬に言った。

額に汗の粒をためた祐馬がボロ切れで汚れた手を拭いながらやって来て、窓へ肘をつく。

「"Come Together"だろ。こんな有名な曲も知らないのか」

「ビートルズでしょう?」

「これは、ジョン・レノンのソロのヴァージョンだな。ライヴだよ」

陽子はうなずいた。

「それより、金やるからタクシーで駅まで行けよ。海の家に戻ればいい」

大学のクラスメイトの陽子が湘南の海の家で音楽のイベンターをやっていると聞いて、祐馬は骨董品《こっとうひん》みたいな黄色のフォルクスワーゲンで見に行ったのだった。

音質の悪い、しかし音だけは馬鹿でかいスピーカーから、クラブミュージックが流され、水着の男女がビールを飲んだり踊ったりしていた。馴染めなかった祐馬が早々に帰ろうとすると、都内の別のイベント会場へ行きたいので乗せてくれ、と陽子が頼んできたのである。

「オイル切れでエンジンが焼けてて、時間がかかりそうなんだ」

「いいの。つき合うわ」

祐馬は顔の汗をハンカチで拭うと、白い歯を見せて微笑んだ。

「知らないぞ。会社、クビになるぞ」

陽子が、鼻の先に皺《しわ》を寄せて笑う。ひどく子供っぽい笑顔だ。顎《あご》の右下に小さなホクロがあった。

会社、という言葉の響きがくすぐったかった。社員は学生ばかりで、法人登記しているのかどうかも怪しい集団である。その割には、彼らはよく働き大学では目立つ存在になっていた。

「なんのために会社なんかやってるのか、この頃よくわからなくなっちゃった」

祐馬の顔から微笑みが消えた。窓に肘をついたまま、煙草に火をつけた。祐馬の背後では、夏の海が光っている。

「生意気言うな。起業したら走り続けるしかないんだ。学生であろうとね。そういうものなんだ。さあ、早く行けよ」

そう言うと、祐馬はジーンズの尻のポケットから財布を出し、一万円札を陽子に渡す。そして、また修理を始めた。陽子は一万円札をサンバイザーに挟むと、背もたれを倒し、目を閉じてラジオを聴いた。ジョン・レノンが、別の曲を歌い始める。ハーモニカをバックに、ジョンはスロー・バラードを歌う。

ラジオを聴いていると、祐馬が戻って来た。

「まだ行かなかったのか。知らないぞ」

水平線に近づいた太陽は朱色に染まり始めていた。

その日、古いフォルクスワーゲンは動かず、陽子は海の家へ戻らなかった。都内のイベント会場へも行かなかった。その日二人は動かないワーゲンを置いて近くのモーテルまで歩き、一緒に泊まったのである。

深夜、一台の単気筒のオートバイが走って来て、路上に放置された黄色のワーゲンの横に急停止した。ライダーはオートバイを降りて、クルマを一周した。どう考えてもこれはあの男のワーゲンじゃないかと思いながら、フルフェイスのヘルメットを外した。

オートバイに乗っていたのは、塩谷航平であった。

朝方、祐馬はベッドのヘッド・ボードにもたれかかったまま、煙草を一本吸った。先端の赤い火が、暗闇の中でぽつんと見えた。煙を吸いこむ度にその赤は輝いた。

煙草を吸い終えると、祐馬は隣で微かな寝息をたてている陽子を起こさないように、そっとベッドを抜け出した。あちこちに、男と女の夏物の服が散らばっていた。

彼はトランクスを穿《は》き、ソファの背に投げかけてあった自分のシャツを持って、バスルームへ行った。淡い黄色と白の細かなチェックのシャツである。

シャワーからぬるま湯を出し、祐馬は備えつけのシャンプーでシャツを洗い始めた。

シャツをクリーニングに出すのが、祐馬は好きではなかった。パリッとアイロンがかかったシャツが好きになれないのだ。かと言って洗濯機で洗うと皺くちゃになってしまう。だから祐馬はシャツだけは自分で手洗いしていた。

それに、シャツを洗うと気持が落ち着くのだ。体に馴染んだシャツは、どこか、古い友達に似たところがあった。

「何してるのよ、こんな時間に」

不意に声をかけられる。

振り返ると、陽子が立っていた。素っ裸である。伸ばした右足に重心を置き、左の膝《ひざ》を僅《わず》かに曲げ、右手を戸口についている。やわらかな影が、足もとからカーペットにぼんやりと落ちている。

「見た通りさ。シャツを洗ってるんだよ」

シャワーを止め、彼はそう答えた。

「そんなこと見ればわかるわよ」

「うるさかった？」

陽子を見上げながら、彼は言う。

「そういうわけじゃないけど」

陽子は彼の隣に来てしゃがみ込んだ。両腕で膝を抱え、濡れたシャツを覗き込んでいる。祐馬はシャワーのコックをひねり、バスタブに広げたシャツのシャンプーを丁寧に流し始めた。

「いろんなことがわかるのね」

「何が？」

「一緒に泊まらなければ、あなたがこんな時間に洗濯する人だなんてわかりっこないもの」

「いつもじゃないさ」

「よかった」

陽子は彼の顔を覗き込むと、小さな声で笑った。

午後、メンテナンスを頼んでいるガレージの人がフォルクスワーゲンの修理に来てくれた。その間に、祐馬と陽子は正面に海を見渡すことができるカフェに入った。

「ねえ、これはなんて曲？」

煙草の煙を吐き出し、祐馬は答える。

「ロッド・スチュワートの"This Old Heart Of Mine"だよ」

「古い曲なんでしょ」と陽子。

「どうせ俺が知っているのは古い曲ばかりだよ」

「そんなつもりで言ったんじゃないのに」

古い曲を、よく母親が聴いていた。彼女は学生時代にパーティバンドのヴォーカリストをやっていたこともあったのだそうだ。それで祐馬も昔のブルースやロックを聴くようになった。

俺のこのハートはもう何千回も傷ついた、毎回君が傷つけたんだ——とロッドが嗄れた声で歌っている。目の前の陽子がそういう存在になるだろうということを、この時の祐馬が知る由もなかった。

祐馬はコーヒーとチーズ・ケーキ、陽子は紅茶とアップル・パイをオーダーした。

窓の向こうに見える海で砕ける波が、真夏の太陽をキラキラと射返していた。幾千、幾万、幾億の光の反射に祐馬は目を細めた。

「そう言えば、将来のこと、考えてる?」

「いや、特には」

「でもあなた、大学で目立ってるよね？　やがて頭角を現しそうな感じがする」

コーヒーを一口飲むと、祐馬は言う。

「俺には特になんの才能もないんだよ。音楽も聴くだけで自分で歌うと音痴だしね」

「そう？」

「お袋に、シンガーにだけはなれそうにないって言われた」

祐馬が既に亡くなった自分の母親の話を誰かにすることは、滅多になかった。俺は陽子に心を許し始めているのかな、と思う。

「きっと誰かがあなたにどんな才能があるのか、発見してくれると思うな」

それが塩谷航平だったのだと、今ならわかる。

陽子は、渋谷で買ったという淡い黄色のワンピースの襟元に指をかけ、胸を覗き込みながら、どうでもいいという感じで、

「友達は大事よ」と言った。

祐馬は、レースで縁取られた紺のブラジャーに包まれた彼女の白い乳房を思い出す。

陽子は卵形の顔をあげ、祐馬の目を覗き込みながら唇の端で笑った。

「クラスの中で、私あなたがいちばん好き」

「ほんとに？」

「音楽のこともよく知っているし。こういう人は、女の子と寝る時はどうなんだろう、っていつも考えてた」

陽子は、鮮やかな色の舌の先をぺろりと出してみせる。

「へぇ、すごいね」

「男の人だってそうじゃない。この女はあの時どういう声を出すんだろう、とか考えてるでしょ。若い男って昼間からそんな話ばかりしてるもの。女だって同じよ」

「それはそうだね」

「やっぱりね。あなたならそう言うと思った。あなた、ぜんぜん威張ったところがないもの」

「そう？」

「それに、憂《うれ》いがあるって言うか。でも威張っちゃだめよ。事情のある過去があれば偉いってもんじゃないんだからね」

「わかってるよ、そんなこと」

　ひと呼吸置くと、陽子が言う。

「……あなたが誘ってくれて、私、嬉しかった」

「興味があったんだろう」

「うん」

「で、どうだった？」

　陽子は大袈裟に眉根《まゆね》を寄せると、

「だからあなたはだめなのよ。で、どうだった、なんてね。そういうことを聞くもんじゃないの。それだけで、せっかく今までいい気分だった女の子は嫌になっちゃうんだから。相手が私だから、こうして教えてあげてるのよ」

「そうだね」

「そうでなくったって、今はどんどん女の子の数が減ってるんだから。男はよっぽど頑張らないと、女の子とお茶も飲めなくなっちゃうんだよ」

「女の子の数が減ってる？」

「あら、知らなかった？」

男の方が生命力に欠け、したがって男女の乳幼児の死亡率は男の方が高い。その代わり、出生率も男の方が高くなっている。こうして、成年男女の比率がほぼ同じになるように神様が調節してあったのだが、近年は病院などの施設も整い、食糧事情もよくなったことから、男の子の死亡率が低下し、陽子の言葉によれば、「とっくの昔に死んでればよかったような男が増えちゃったわけよ」ということになるらしい。

チーズ・ケーキとアップル・パイがテーブルに並べられた。祐馬は、またコーヒーをひと口飲んだ。

窓ガラスの向こうは、薄青い闇に包まれ始めていた。修理が終わったら連絡してもらえることになっていたが、フォルクスワーゲンはまだ直らないらしい。とても、非現実的な時間だなと祐馬は考えた。陽子と向かい合っていると、自分が誰で、何をしようとしているのかということを見失いそうになってしまう。もしかしたら、と祐馬は考えた。この俺だって、とっくの昔に死んでいればよかったような男なのかもしれない。

「どうしたの。元気なくなっちゃった?」

「そんなことないけれど」

「でも、なんか悲しいよね」

「どうして？」

「理由なんてわからないけど。私、やっぱり Agnès b. のスカートを買おう」

「じゃあ、俺はロッド・スチュワートの昔のアルバムを買おう」

「さっき流れてたやつ？」

「そう」

「わぁ、いいんだ。私なんてね、スカート買うぐらいで、欲しい本とかアルバムとかないんだものね。淋しい話でしょ」

「だけど、昔のアルバムを探すっていうのも冴えない話だよ」

「そんなことないよ。大丈夫。それにあなた、本もたくさん読んでるよね？」

「進化論の本ばっかりだよ」

それから二人は、しばらく黙ってケーキやパイを食べたり、窓の外を眺めたりしていた。

そこへ、ワーゲンの修理が終わったという連絡が入った。

「さあ、行こうか」

祐馬が言うと、頬杖《ほおづえ》をついた陽子が顔をあげてうなずいた。

海辺の方へ歩いて行こうとする祐馬の背中に、陽子が声をかける。

「ねえ、ちょっと待って」

祐馬は、ゆっくり彼女を振り返る。

「私、タクシーで駅まで行くよ」

肩にかかった陽子の髪が、夕方の風にそよいでいる。

「どうして。渋谷で一緒に買い物しようよ。まだ、いいんだろう？」

陽子は、両手を後ろで組んだ。黒い革のショルダー・バッグが、幼稚園の児童が持つカバンのように見えた。

「今日は、もうお別れにしましょう。ずっと二人でいると、私、また朝まで一緒にいたくなっちゃうもん」

「うん」

「将来のこと、考えなさいよ」

祐馬は、うなずく。

「何をするか思いついたら、教えてね」

「約束するよ」

右手をちょっと挙げ、彼女は行ってしまおうとする。

「渋谷まで送るって。スカート買うんだろう？」

陽子は、後ずさりしながら首を左右に振った。

「いいの。その代わり、あなたさえよかったら、もう一度でいいから誘ってね。一度と二度では、意味がぜんぜん違うの。私にとってはね」

陽子は背中を見せ、今度は本当に行ってしまった。


数日後、経済学の授業が終わり大学のキャンパスを陽子と歩いていると、誰かが駆け寄る足音が聞こえ、肩を叩かれた。振り返ると、顔だけは見たことのある痩せた男が立っていた。海の家でテキパキと指示を出していた男である。小脇にオートバイのヘルメットを抱えている。

「……航平」

陽子が男の名を呼んだ。いや、呼んだというよりも、思わず呟いたというほどの小さな声であった。

「君が学生企業の社長の……」

「塩谷です。社長というか、陽子の幼馴染み」

次の授業があるからと、陽子は逃げるように行ってしまった。濃いグリーンのワンピースの背中がすぐに人混みに紛れて見えなくなった。間抜けな話だよな、と祐馬は思った。

「こういう場合、どうすればいいのかな」

率直に、祐馬が言った。

「飲みに行くしかないでしょ」

航平がそう答える。

二人の上には、真夏の真っ青な空が広がっていた。その明るい光を避けるように、二人はキャンパスを出て無言で歩き続け、細く急な階段を下りて薄暗いカフェに入り、ジャック・ダニエルズを頼んだ。それが、二人の出会いであった。初対面で八時間も飲み続けた。

「君と陽子はつき合っているのか」と航平が聞いた。

「わからない」

「無責任な答えだな」

「でも、わからないものはわからないんだ。彼女がどう思っているのか、それがわからないからね。しかし第一、そんな君の質問にぼくが答える義務はないはずだ」

「幼馴染みだって言ったろう。小学校から知ってる」

「それだけか？」

祐馬の質問に、航平は答えなかった。ただ、髪をかきむしった。そんな航平を見ながら、祐馬はグラスに残ったジャック・ダニエルズを飲み干した。ロックで頼んだ酒が、最後の方は氷が溶けて薄くなったのが、祐馬は好きだった。僅かに甘い気がするのだ。

「俺の口調は横柄で嫌な感じだろう？」

うつむいたまま、航平は目だけで怪訝そうに祐馬を見上げる。

「吃音《きつおん》を矯正するためだったんだ。悪く思わないでくれ」

航平は両目を見開き、意味がわからないよという顔をした。テーブルの上では、祐馬の銀色のライターが鈍い光を放っている。

「子供の頃はそんなことはなかったんだ。中学の時に突然そうなって、高校時代もずっとそうだった――」

吃音は、祐馬と世界の間に明確なラインを引いた。最初の音がうまく出ない。その最初の音が、彼と外界とを隔てた。やがて祐馬は、つっかえやすい言葉にある種の傾向があることに気がついた。彼が丹念にメモを取るようになったのはその頃からだ。

話したいと思うことを、あらかじめメモに書き出してみる。実際に話す時には、メモを見ながら注意深く話す。吃音の程度が、いくらか改善されたような気がした。

次の方法が、語尾を突き放したような横柄な話し方をすることであった。すると、なぜなのか理由は判然とはしないのだが、スムースに発語できる場合が多かった。

「おまえの吃音の話なんて聞きたくはないよ。俺が聞きたいのは――」

航平の言葉を遮り、祐馬が言う。

「そういう後天的な横柄な喋り方を最初に受け入れてくれたのが、陽子だった」

深々と、航平がため息をついた。

「居丈高《いたけだか》な男が好きなんだろう。愛してる？」

「こ、答える義務はないよ」

久しぶりにつかえてしまったことで、祐馬は自分が動揺していることを思い知らされた。酒に酔っているくせに、航平の顔は青ざめていた。

二人が地下のカフェを出ると、夜空に上弦の月がかかっていた。

航平が祐馬を会社に連れて行くと言うのでついて行くと、ただの木造のアパートである。

〈タイムズ・カンパニー〉

外階段を上った突き当たりの部屋のドアに、そんな札がぶら下げてある。中に入れてもらうと、パーティのチケットやポスターや、さまざまなものがテーブルに積み上げてある。

窓辺にはCDプレイヤーが置かれ、CDが積み上げてあった。ほとんどジャズばかりである。

航平がディキシーランド・ジャズをかけた。祐馬もどこかで聴いたことのある曲である。

「これ、なんて曲だっけ?」

「ヴィレッジ・ストンパーズの“Washington Square”だよ」

航平がそう答える。訝しそうな表情の祐馬に、航平がさらに言った。

「〈ワシントン広場の夜は更けて〉って言えばわかる?」

「ああ、それなら知ってる」

ディキシーランド・ジャズと言えば陽気なイメージがあったが、こうして聴いてみると陽気でありながらどこか悲しい音楽なんだなと祐馬は思った。

航平が冷蔵庫から缶ビールを出してきた。まだ飲む気かよと思いながら、こいつに負けるわけにはいかないと畳にあぐらをかいた祐馬はプルリングを引き一気にビールを飲み干した。

手の甲で唇の端の泡を拭うと、

「タイムズ・カンパニーってどういう意味?」と聞いた。

「時を超える会社にしたくて……」とかなんとか言いながら航平が照れた表情を見せた。祐馬は思わず苦笑する。

「それ、誰にも言わない方がいいよ」

「そうかな?」

「そういう意味になってないから。そんな名前の会社だから、海の家のディスコパーティみたいなものしかできないんだぜ」

「みんなが一緒にハイになるお祭りみたいなものがさ、俺は好きなんだよ」

そう言って航平が壁の方を見上げる。その視線の先を負うと、濃紺の法被がぶら下げてあった。

「何、あれ?」

「故郷の富山のさ、曳山祭りで着る法被だよ。わからんだろうな、おまえみたいな男には」

「わからんね」

そう言うと、祐馬は煙草に火をつけた。

壁に寄せて置かれたデスクの上に一台のマッキントッシュがあった。何かの作業をさせているらしく、スクリーンセイバーが動いていた。フライングトースターだった。

一応マックぐらいは使っているわけか、と祐馬は思った。

祐馬の視線に気がついたのか、航平が言った。

「そのSE／30のローン、やっと終わった」

「何に使ってるんだ?」

「会員の名簿管理とか、ハイパーカードでいろんなスタック作ったり、あとは日記書いてる」

「それじゃあ猫に小判だな」と祐馬が言うと、

「仰る通り」と航平が笑い、

「おまえはマック使いなわけ？」と聞いた。

「簡単なプログラミングならできるよ」

「どんなプログラム？」

「〈紅茶さん〉とか」

「どういうの？」

「三分経つと『紅茶ができました』って女の子の声が教えてくれるんだよ」

しまった、言わない方がよかったなと祐馬は後悔したのだが、航平の方は感心したようであった。

「すごいな。音声まで組み込んでるのか。他には？」

「数当てゲームとか」

「それ、コンパに使えそうだな。女の子の年齢当てクイズとか、バストのサイズ当てゲームとかにアレンジしてさ。オーバーサイズだと『そんなに大きな胸が好きなマザコン男なの？』とか言うわけだよ。小さすぎると『そんなに小さくないわよ、馬鹿にしないで』とか言うわけ。どう？」

「馬鹿馬鹿しい」

航平はビールを飲むと、言った。

「プログラミングかぁ。それはすごいよな。しかし俺の日記は面白いぞ。パスワードかけてるから誰にも読めないけどな」と続けた。

畳に寝そべった祐馬が、

「会社をやるならさ――」と話し始める。

その内容に、航平は目を瞠《みは》った。

リアルな世界でたとえば店舗を拡大していくことには限界がある、これからのビジネスの場所はサイバースペースである、という話を祐馬はした。

「キーボードを叩くと欲しい本が届いたり、洋服が届いたり、蕎麦《そば》屋の出前が来たり、そういう時代がすぐにやって来るよ。実際の店舗に行かなくても、無数の店舗がサイバースペース上に増殖していくのさ。土地は有限だけどサイバースペースは無限だからな。普通の人が店舗を構えることも可能になる。ビジネスの規模がケタ違いだよ」

ウィンドウズ95の登場でインターネットが一気に一般的になる一九九五年は、まだかなり先のことであった。

航平がダーウィンの進化論にまつわる話を聞かされたのも、この夜が最初であった。

「タイムズ・カンパニーに参加してくれよ」

とうとう、航平が祐馬を誘った。

「俺は正直な奴としか組まない」

「おまえの目の前にいるのはさ、馬鹿がつくほど正直な男だぜ」

無言のまま、祐馬は顔を左右に振る。

「誓うよ！」

「好きなんだろ？」

「えっ……」

「陽子のこと、好きなんだろうが」

「そりゃ好きだよ。なにしろ小学生の頃から……」

「大嘘つきやろうめ！」

「いや、妹同然の存在だし」

ふらつく足を踏みしめて、祐馬が立ち上がった。

玄関のドアの方へヨタヨタと歩いて行く。

「ちょっと待てよ」

「俺は嘘つきとはビジネスしない。帰る」

這《は》って行って、航平が祐馬の右の足首をつかんだ。

「わかったよ、正直に言うよ。好きだよ。これでいいのか？　おまえが勝者で俺が敗者だよ。認めるよ、クソッ」

薄いブルーのストライプのシャツを見下ろしながら、俺はこいつには一生勝てないのかもしれないな、と祐馬は考えた。なんて素直で正直で真っすぐな男なのだろうか。

その時ドアがノックされ、真っ白なTシャツにジーンズを穿いた陽子が部屋に入って来た。

「臭い、お酒臭い」と言った。

寝転がったまま上体を起こした航平が、陽子にではなく祐馬に言った。

「明日、富士山に登らないか？」

「馬鹿言えって。死ぬよ」

「平気だよ」

「死なないまでも、吐くって」

航平が立ち上がり、トイレへ行った。きっと吐くのだろう。振り返ると、陽子が濡れたような目でじっと祐馬を見つめていた。

大学四年に上がる時、祐馬はタイムズ・カンパニーに参加することにした。入れ違いに、陽子が去った。介護福祉士の資格を取りたいからというのがその理由であった。本当の理由は祐馬にはわからなかったが、彼女が自分と距離を置こうとしているのだということはわかった。

いずれにせよ、これからは陽子と二人きりで会うのはよそうと祐馬は密かに誓ったのだった。

航平の提案で、社名をN&Sカンパニーに変更した。

パーティ券を売るのをやめ、大学内にある複数の学生新聞の広告を取る仕事を始めた。インターネット環境がやがて整備されるまでの間に広告代理店業務をしっかり身につけるためだ、というのが祐馬のポリシーであった。

母子家庭に育った祐馬は、父親の顔も知らなかった。今でも群れるのが苦手な祐馬と、人あたりのいい航平とは、いいコンビだった。

事業は順調に拡大し、祐馬は誓った通り、一度も陽子に連絡しなかった。陽子という独特な女性は、むしろ航平の幼い頃の時間と地続きの場所に咲いている花なのだ、という思いが強くしたからだ。

別れてしまってから、陽子は実はとても官能的な女だったのだと祐馬は感じるようになった。時々、彼女の夢を見ることがあった。祐馬は陽子と海辺の通りを歩いている。祐馬は服を着ているのだが、彼女は裸だ。そして、そのうちに彼女は発情し始める。

ここで抱いて、と頸筋《くびすじ》に腕を絡ませてくる。

冗談言うなよ、と祐馬は言う。頼むから服を着てくれよ、みんなが見てるじゃないか、と。

彼女は聞き入れない。祐馬は困ってしまう。そういう夢だ。ディテールはその度に違うとしても、おおまかなところはそんな感じだった。

夢から覚めた祐馬には、勃起したペニスと困惑だけがのこされているというわけだ。

祐馬と航平は揃って大学を卒業し、猛烈に働き始めた。若いビジネスマン達が次々に自分達の会社を株式市場に上場させる時代が、目前に迫っていた。

「上場に備えて代表取締役はおまえがやれよ」

航平の一言で、祐馬が社長をやることになった。その時に社名もN&SカンパニーからN&Sグローバルに変更した。

一九九五年にインターネット環境が整うと、祐馬はN&Sの舵をはっきりとインターネットの方向に切った。それまでに培ってきた広告代理店業務の掲載媒体を、ネット上に移行させたのである。

上場を目指して、社員が一丸となって働いた。

航平も祐馬も、この時には既にIPO（Initial Public Offering——新規株式公開）を目標にしていた。上場の過程で実質的に強い会社になること。それが最大の目標であった。それを達成するために、どういう布陣が最も望ましいか。

IPOという目標が設定され、そのためにいろいろなことを考えて実行するのが祐馬、それをサポートし企業としての体制を整えていくのが航平という役割分担がはっきりしたのである。ＩＰＯだけではない。祐馬がアイディアを出して走り始め、航平が対人関係を含めた微調整を行う。そういう関係が次第に出来上がっていった。

二人は揃ってスーツを着込み、証券会社の講習会へ行って勉強したりもした。

当時のベンチャー企業はどこも勢いがあった。そういう中で上場を果たすには、毎年20〜30％ずつ成長し続けていかなければならない。社長としての祐馬にはそういったプレッシャーがあった。それぐらい数字に魅力がなければ、ＩＰＯ待ちの企業がたくさんある中での上場は難しかったのである。しかも未整備だった管理系を作り上げていかなければならず、これにはコストがかかる。それを航平がやりくりした。

上場するために企業の成績は確かに大事だったが、ただ単に儲かっていればいいというわけではない。そこに至るために想定通りのプロセスを経ているか。あるいは社内の管理体制に不備はないか。そんなふうに、営業を支える管理面がきちっと構成されているかどうかを見られるのだということを祐馬と航平は痛感するようになった。

システムが構造的かどうか、継続可能性があるかどうか、それが正しく機能しているかどうか、法令違反はないかどうか。そういうところが審査されるのである。

バブルが崩壊した一九九一年三月から始まった平成の複合不況を、「失われた十年」などと言ったりする。多数の企業が倒産したり、従業員のリストラが断行されたり、金融機関を筆頭とする企業の統廃合などが相次いだ。これは二〇〇二年一月を底とし、外需先導での景気回復により終結する。

この「失われた十年」は、同時に新規上場が増えベンチャーが躍進した時代でもある。一九九九年十一月に東証マザーズ、二〇〇〇年五月に大証ナスダック・ジャパン（その後、ヘラクレス、ジャスダックと統合）などの新興企業向け株式市場の開設がつづいた。

そしてビジネス以外の事柄も、時間軸に沿って動いていった。祐馬が知らない間に、航平と陽子はゆっくり時間をかけて結ばれたのである。

「俺達、籍を入れたよ」

簡単に、航平は祐馬にそう報告した。深夜のコンビニの前で、二人並んで缶コーヒーを飲み煙草を吸っていた時のことである。

「おめでとう」と祐馬は簡単に答えた。

コンビニの前の横断歩道の信号機が赤に変わるのを、祐馬はぼんやり見上げていた。

やっぱりな、と祐馬は思った。これでよかったのだ、と。

「おまえにとっても大切なものを、俺が守ることにした」

航平はそう言った。

祐馬はどう返答すればいいのか、見当がつかなかった。あれから何度も、あの時に自分がなんと言えばよかったのか、考えてみた。

だが結局のところ、わからずじまいなのである。

祐馬はそれまで以上にがむしゃらに働いた。自分の中で、上場後のN&Sグローバルという会社のイメージを明確にするよう努めた。

それまでは、スーツを着てネクタイを締め、横柄な態度の銀行へ行き平身低頭して資金を借り入れなければならなかった。銀行の手前、中小企業の社長がスポーツカーや高級車に乗るのは御法度などと言われた。しかし新興市場に上場できれば、いわば銀行の頭越しにマーケットから資金を集めればいいのである。

銀行に頭を下げる必要はなくなった。だからスーツを着る必要もないし、ポルシェやベントレーを乗り回すのも自由である。目に見えて、ビジネスの世界が変わり始めていた。

とにもかくにもゲームは始まったのだった。

N&Sグローバルが上場を果たしたのは二〇〇五年のことだ。

その日は会議をやっており、そこに承認の電話をかけてもらうことになっていた。

「承認がおりました」という電話を受けた時のことを、祐馬は一生忘れないだろうと思う。スタッフ全員から、

「ウォッシャア！」というような歓声が発せられた。

だが承認がおりても正式に上場するまでは気が抜けない。不祥事などを起こすと承認取り消しになるので、祐馬は、

「これからが大事だから」と皆に説明をした。

その日、祐馬と航平は由希子と沢井を誘い、バーに祝杯を上げに行った。だが承認がおりただけなので、まだ実感はなかった。七月のよく晴れた日のことだった。

その一週間後に、正式に上場を果たした。

レストランを借り切って上場祝賀パーティをやった。当時の全社員、百人近いメンバーが集合した。シャンパンを抜きまくった。パーティの間中、マイルス・デイヴィスを流した。その会場に、陽子は最後まで姿を見せなかった。

3章　交渉

運河である内川沿いの細い道に、何軒もの家の番屋が軒を並べている。

それぞれの家に船着き場があり、船着き場に番屋が面している。番屋は網や作業衣などの置き場であり、作業場でもある。煮炊きすることも泊まることもできる。番屋は裏木戸で母屋の庭につながっており、母屋の方の玄関が表通りに面している。

漁師達は夕刻頃から番屋に集まって準備をし、深夜から船に乗り込み漁に向かうのである。朝方港に戻って来て魚を競りにかけ、その後、内川に戻って来て番屋の前で片付けをして簡単な朝食をとる。

渡辺家の番屋の前に、数人の弔問客がたむろしていた。その細い道を黒塗りのハイヤーがやって来て、停まった。祐馬と由希子がハイヤーから降りる。

「香典を用意してくれ。十万……いや、五十万だな」

祐馬が由希子に指示する。

「わかりました」

祐馬は渡辺家の番屋へ近づき、恩田《おんだ》勝利《かつとし》に会釈した。

「東京から来た中原と申します。ご焼香をさせて下さい」

「……どうぞ」

恩田はラフな祐馬の格好を訝しく思いながら、祐馬を番屋の中に入れ奥に声をかけた。

「親方！　中原さんって方がお見えです！」

茶の間にいた鉄也と瞳が声の方に振り向いた。二人の前には遺骨が置いてある。

鉄也は祐馬と顔を合わせるのを拒むように立ち上がって、台所へ行った。

茶の間に招かれた祐馬は航平の遺骨に手を合わせた。仏壇には、瞳の母親であり、鉄也の妹の陽子の遺影もある。

祐馬は陽子の遺影にも手を合わせた。

「陽子さんは事故で。三年前になりますが……」

小百合がそう説明し、祐馬は無言でうなずいた。

帰郷した陽子は、瞳を育てながら介護ヘルパーの仕事をしていた。軽自動車で、多くの老人宅を回るのだ。帰宅は深夜近くになることもあったらしい。おそらく居眠り運転だったのではないか、ということだ。ある夜、彼女が運転する軽自動車は路肩駐車していた大型トラックの後部に激突し、大破した。陽子は即死だったそうだ。

そういう事情を、祐馬は航平が辞職した後、秘書の大場由希子から聞いたのである。

祐馬はもう一度、在りし日の陽子の写真を見た。母親になり、介護ヘルパーとして働いている頃の――既に祐馬が会うことのできなかった時期の陽子の写真である。祐馬が会社に参加すると陽子はきっぱり会社を辞め、上場祝賀パーティにも顔を見せなかった。だから祐馬にとっては、陽子のイメージは今も、あのオンボロの黄色のフォルクスワーゲンの助手席でジョン・レノンを聴いていた時の彼女のままなのだった。

“Come Together”――一緒に行こうよ、祐馬。

いや、もう無理なんだってば。俺は一人で生きていくと決めたんだ。でも、と祐馬は心の中で思った。お母さんになったおまえに、一度でいいから会いたかったよ。

瞳が祐馬の背中を見つめていた。瞳の隣には尚樹がいて、やや離れて、西村玄太郎、恩田、小百合、杉良介《すぎりょうすけ》、谷元健《たにもとけん》が正座していた。

鉄也は、奥の台所でコップに水を入れた。

玄太郎が名刺を見て、

「中原祐馬さん……か」と呟いた。

鉄也の船に乗っている良介が仲間の健に小声で言う。

「シーイーオーってなんだ」

「知らねえよ……」

美也子がお茶をテーブルの上に出した。

「どうぞ、中原さんも……」

「ありがとうございます」

祐馬はテーブルの前に座り直した。

小百合が、

「あの、航平さんとは、どういう……」

祐馬はどう言えばいいのか逡巡《しゅんじゅん》し、

「大学が一緒で」と答えた。

「ああ、東京の」

「……はい」

少ししてから、小百合が言った。

「じゃあ、随分会ってないんだ」

「……ええ」

祐馬はお茶を飲んでごまかした。

「遠い所、すいませんな。私、町内会長の西村です」と、玄太郎が深々と頭を下げた。

祐馬はお辞儀をしながら、

「あの……航平はなんで……」

小百合が、

「えっ？　知らないの？」

「連絡も随分取ってなかったんで……」

四十少し前の小百合は目鼻立ちがはっきりとした、整ったきれいな顔をしている。時々、眉間に深い皺を寄せる癖があった。

瞳が無言で祐馬を見つめた。

台所の鉄也がコップの水をぐっと飲む。

「病気です。末期の肝臓癌《かんぞうがん》でした」

玄太郎がそう答える。

「……病院は、この町の？」

「はい。でも、どういう意味ですか」

「知っていたら、東京の病院で、それなりの治療を受けさせることもできたかなと思いまして……」

鉄也がコップを流しに叩きつけるように置き、茶の間に戻って来た。

「ふざけたこと言ってんじゃねえよ！　知ってたらってどういうことだ。あんた、航平と一緒に会社を作っておきながら、三年前、航平をクビにして追い出した男だろ！」

陽子の兄に怒鳴られ、祐馬は何も言い返すことができないでいた。

「俺はあんたのことは全部知ってんだ。何が大学だ、何が東京だ。ふんぞり返りやがって！　航平がどんなに惨《みじ》めに死んでいったか、想像もしちゃいねえだろ！」

「テツ！」と玄太郎が制したが、鉄也の怒りはおさまらない。

「あんたに線香あげて友達づらされても航平は迷惑だ！　航平はあんたに電話してた。航平の携帯のリダイヤルは全部あんたの名前だった！　なのに、あんたは出なかったんだ！……謝れ！　航平に」

座ったままの祐馬が鉄也を睨みつけた。

「俺は航平が死ぬなんて思ってもいなかったんだ！　病気のことも聞かされていない。

そんな言い方をされる筋合いはない！」

「なんだと！」

「テツ、やめろ！」と玄太郎が遮る。

その時突然、中学の制服を着た瞳が立ち上がった。

「あの人の代わりにお礼を言います。ありがとうございました」

瞳が深々と頭を下げた。

あの人？……祐馬が怪訝な表情になる。

鉄也は話の腰を折られ、仕方なく黙った。黙ったまま、怒りの矛先は亡くなったばかりの航平に向けられた。陽子を放り出した挙げ句、一人娘の瞳を放ったらかしにして、今度は本当の一人ぼっちにして逝ってしまった。そんなのあるかよ、と鉄也は本音では思うのだった。

玄太郎が、

「確かに瞳の言う通りだ。俺たちゃ誰も、礼を言ってねえ……航平のために、ありがとうございます」

祐馬に向けて頭を下げると、美也子も倣う。

鉄也は不機嫌な顔のまま、恩田を振り返った。

「……恩田、網の掛け替えだ」

恩田は怪訝な顔をし、だが仕方なく、

「ウッス」と答えた。

良介と健が番屋に向かう鉄也を慌てて追いかけた。

「偉い人かもしれねえが、もう少し空気を読め」

そう言い残して恩田も後に続いた。

美也子が祐馬に、

「……すみません」と頭を下げた。

玄太郎が言った。

「テツのこと、悪く思わんで下さい……陽子ちゃんの兄貴として、あいつは航平のことも全部面倒見たんです」

祐馬が立ったままの瞳を見て、

「……いくつ？」

瞳は緊張して返事ができない。

尚樹が横から、

「じゅうさんさい」

「なお！」

瞳は叫ぶと、祐馬に視線をやり、すぐに二階へ駆けあがって行った。

美也子が祐馬に、

「航平さんのこと、あの人なんて……いくら言っても聞かなくて」と言った。

美也子はこれまで何度も瞳に、お父さんと呼んであげなさいと言ってきたのだった。

だが瞳は頑《かたくな》にそれを拒んだ。

「難しい年頃だからね」

小百合の言葉にうなずきながら、年齢の問題だけではなく、あの子には難しいところがあるのだと美也子は内心考えた。

玄太郎が、

「立て続けに両親がいなくなっちまったしな……」と言う。

そこに、玄太郎の妻の好子がやって来た。

「お邪魔します」

美也子たちは居住まいを正した。

「大丈夫か、店は」

好子がうなずき、美也子に、

「遅くなってごめんね、今日は珍しくお客さんが途切れなくて。お餅、買って来た」

包んだ二個ほどの餅を美也子に渡しながら、

「この度はご愁傷様です……」と頭を下げた。

美也子も会釈をした。

焼香をしようとする好子が祐馬に気づく。

「航平さんのお知り合い。東京から……」と美也子が教える。

「東京……そうですか……」

小百合が祐馬に説明する。

「こちら、玄さんの奥さん。二人で床屋してんの」

祐馬は好子に会釈した。

「航平さん、ぜんぜん汚れたところがなくて、良い人でしたね……」

好子は線香をあげながら、

「大好きな祭りがもうすぐだっていうのに、ほんと、悔しかっただろうね……」

玄太郎が、

「やめろ、祭りの話は。そんなこと、今、言うことじゃねえ」

玄太郎の言葉の調子がとても強いことを、祐馬は不思議に思った。

それから玄太郎は小百合に、この人を航平がいた部屋に連れて行ってあげたらどうかと言ったのであった。


内川に第一四十物丸が停泊している。

鉄也たちに漁師の小菅光晴《こすがみつはる》と中村幸一《なかむらこういち》も加わり、十人ほどの漁師がエンジンをかけ、船を出す準備をしていた。

内川沿いの道に立ち、祐馬が川面を見ていた。きらきらと、川面が秋の太陽の光を射返して輝いていた。

「お待たせ」と、漁師らしい普段着に着替えた小百合が駆け寄って来る。

祐馬はその変化にちょっと驚いた。

小百合がそんな彼の様子を見て、

「私も漁師やってるの。見えない？」

祐馬には、それが意外なことに感じられた。

「ええ、近所の奥さんかと」

「奥さんやりたいけど、まだ独身よ。あんた、祭り、好き？」

祐馬は、何を聞くのかと怪訝そうに、

「いや、まったく」

「あ、そうなんだ。航平さんと正反対だね」

内川を第一四十物丸がやって来る。小菅が叫んでいる。

「小百合、どこ行くんだ！」

「デート！」

小百合はわざと祐馬と腕を組んだ。

中村が、

「マジかよ！」

谷元健が、

「姐《ねえ》さん、野獣の目になってますよ！」と叫んだ。

「うっせえ！　恩田、漁港に行くの？」

「ああ、網の作業だ！」

「私も後で行くよ！」

　船上の鉄也は祐馬を見ようともしなかった。

　小百合が歩き出し、祐馬は後について行く。

　小百合は内川沿いの小さな二階建ての民家に、祐馬を案内した。航平の実家だったが、今はもう誰も住んではいない。

　小百合が祐馬を二階の部屋に通し、窓を開けた。

「航平、こんなところにずっと？」

　川面が反射する光が、暗い部屋の天井で揺れていた。

「独りで寝泊まりしてね。洗濯とか、困ったことがあったら遠慮しないでって言ったんだけど、結局、何もしてあげられなかった」

　祐馬は壁に吊ってある法被に目をやる。法被には『四十物町』と書いてある。前に見たことのある法被だった。

　祐馬が法被を見つめていると、

「航平さんが十七歳の時から使っていた法被。読める？」

「……しじゅう……」

小百合が笑って、

「あいものちょう。読めないよね」

「法被は祭りの時の？」

「そう、悔しいよね、ここで着れないままさ……東京にいた時も肌身離さず持ってたって言ってたけど、見たことないの？」

「……あれがそうだったのかな」

航平と出会い、大学の近くで飲み、まだタイムズ・カンパニーと名乗っていた彼の会社へ行った。会社と言っても木造モルタルのアパートの一室で――そう、この部屋に雰囲気がよく似ていた。

祐馬は法被に触れた。

「本当に死んだんでしょうか、あいつ……」

思わず、そう言った。

「私も信じられないよ。ずっと音沙汰無しだったのに、ふらりと帰って来て、きっとこっちでやり直そうとしてたんだよ。だから、曳山にこだわって」

「曳山？」

「でも、うちら四十物町の曳山は西町に譲っちゃったの。いろいろあったのよ。西町がうちらとの約束を破りやがってさ。思い出す度にムカつく」

この町の人達は、航平を含めて、祭りというものにこだわっている。それが祐馬にはどうしてなのかよくわからないでいた。

「約束っていうと？」

「今年の祭りの提灯山、うちらに曳かせるって約束よ」

「どういうことですか？」

「あのね、曳山は昼と夜でお化粧直しをすんのよ。昼は花山、夜は提灯山。でね、四十物町に最後の提灯山を曳かせてやるって、西町の町内会長が約束したのよ」

「つまり、その約束を西町が破ったってこと？」

「そう。航平さん、そのことを怒って、病院抜け出して西町に何回も抗議に行ったの。その挙げ句、ぶっ倒れちゃって救急車よ」

「航平はそのまま……」

「うん。最低の野郎だよ、西町の町内会長は」

祐馬は航平の法被をじっと見つめた。

その時、窓の外を見ていた小百合が瞳に気づいた。小百合の視線を追い、祐馬も瞳に気がついた。

瞳は橋の欄干にもたれ、こちらを見ないようにしている。

「気になってんのかもね、あんたのこと」

窓の外を見た祐馬と瞳の目が合った。途端に瞳は目を逸らし、歩き出した。


祐馬は内川の橋へ行ってみたが、瞳の姿はなかった。

辺りを見渡すと、路地の入り口に瞳が立っている。瞳はスカートの裾を翻して、路地へ入る。祐馬はそれを追って行く。

路地から広い道に出て、古い家並みが続く中を、瞳が足早に行く。祐馬もついて行く。

旧漁港の埠頭に、漁船が停泊している岸壁があった。潮と魚の匂いがする。

海ではカモメの群れを縫って、漁船が旋回していた。魚市場では昼間の競りが行われているようであった。

　瞳は足早に歩いているが、大人の男である祐馬の方が速くやがて追いついた。

「待ってくれよ。航平のことを聞きたいだけなんだ」

　瞳は足を止めない。

「航平、俺のこと何か言ってなかったか」

　その一言で瞳が不意に立ち止まり、祐馬も立ち止まった。

「……どんなことでもいいんだ。航平のこと、教えてくれないか」

　瞳が赤い灯台を指さした。灯台と言っても岸壁の端にある小さな灯台である。

「あの人、毎日あそこにいました」

「えっ？」

「灯台の横で、海を見てました」

　赤い灯台の向こうに、日本海と雪に包まれた立山連峰が見える。

「連れて来てくれたわけだ、俺を……。いい景色だな。ここに航平は毎日来てたの？

　そう言えば、海が好きだったな、航平……」

　海の家のパーティのことを、祐馬は思い出した。

瞳は何も答えず、会話に困った祐馬は、

「『不思議の国のアリス』みたいだな。もっともあれはアリスが兎を追いかけるんだったけど、俺がアリスを追いかけてここへ来たわけだ」

瞳は黙っている。

アリスの童話が好きなのは航平の方だった。他にもクマのプーさんとかパディントンとかピーター・パンの話とか、航平は童話が好きだった。結局あいつは大人になり切れなかったのかもなと祐馬は考える。

「君は何が好き？」

「えっ？」

「君のお父さんはアリスの話が好きだったんだよ。君は？　ほら、たとえば、音楽とか、洋服とか」

「……フランスパン」

夢のあるような答えである気もしたし、考え方によってはひどく現実的な回答であるようにも思えた。

「フランスパン？」

祐馬が思わず笑ってしまうと、瞳はちょっとムッとしている。

「あ、ごめん。想定外だったから。他に何か欲しいものとかない？　俺にできることなら、なんでも言ってくれていい。遠慮しなくていいんだ」

祐馬は瞳の顔を覗き込んだ。陽子にそっくりだった。娘の向こう側の陽子に語りかけるように、祐馬は言った。

「……なんでも叶えてあげるよ」

「……曳山」

「何それ？」

また祭りの話か、と祐馬は思う。

「西町から、四十物町の曳山を取り返してくれますか？」

「曳山って、航平がこだわってたっていう……」

祐馬の言葉を最後まで聞かずに、瞳が速い口調で言う。

「ごめんなさい、冗談です、今の」

瞳は踵《きびす》を返そうとする。

「待って……西町って、どこ？」

とにかく西町まで連れて行ってくれと頼み、祐馬は再び瞳の後を追った。やがて、祐馬と瞳は内川の橋を渡った。中央が大きくせり上がった太鼓橋である。二人の影が川面に落ちていた。

渡辺家の番屋の前では座敷を出て、グレーのスーツに身を包んだ由希子がヒールを履いている。玄太郎と美也子が見送った。

「ありがとうございました。あんなたくさんのお香典……」

美也子が頭を下げた。

「社長の指示ですので」

玄太郎が美也子の後ろから、由希子に声をかけた。

「あの、一つだけ、いいですか？」

「……はい」

「中原さん、ほんとに航平をクビにしたんですか」

由希子が少し困った顔をする。

「会社の経営方針を巡る対立でした。最終的には会社定款《ていかん》第三十一条に則り、取締役会で決まったことです」

「あんた、しっかりしてるねえ」

一礼した由希子は、しっかりなんかしてない、と思った。あの時由希子は、航平についていくか祐馬のもとにのこるか、さんざん迷ったのだ。

瞳に案内され、祐馬が人込みをかきわけながら西町の公民館の前にやって来た。

公民館の傍に、ひと際背の高い格納庫があった。扉は開け放たれ、金色に輝く、古代の生物のように神々しい曳山が置かれていた。

大きな四輪大八車で踏ん張っているその曳山を、祐馬は圧倒されるように見上げた。その前にひれ伏したくなるような何か神聖なものを、祐馬は一瞬のうちに感じ取った。

これが曳山か。そして、これは、元は四十物町のものだったのだ——。

四十物町の曳山は、創建が一七一八年（享保三年）である。

一八一二年（文化九年）の東放生津の大火で山倉とともに曳山が焼失し、その後、一八二七年（文政十年）に再建が始まり、一八三三年（天保四年）に完成したのが現在の曳山の山体である。

祐馬は少し曳山に近づき、その頂上を見上げた。金色の打出の小槌が輝いているのを、見た。その時に、航平の言葉を思い出して愕然《がくぜん》としたのであった。

「打出の小槌ってものは、あるんだよ」

会議の席上で、あたかもモノローグのように航平はそう言ったのである。その言葉に隠された意味を、祐馬は、今、知った。

なあ航平、おまえが言ってた打出の小槌って、これのことだったのか？　人間と人間がつながることによって、鬼の宝物である打出の小槌でさえ手に入れることができると、おまえはあの時そう言いたかったのか？

背後で話す声が祐馬の耳に届く。

「祭りが楽しみですな、会長」

祐馬はゆっくりと後ろを振り返る。

西町の人たちが、西町町内会長の武田《たけだ》善二《ぜんじ》と青年部の総代の米沢正晴《よねざわまさはる》に挨拶して帰るところだった。

武田善二は中肉中背の普通の体格の、だが異常に眼光の鋭い男だった。N&Sグローバルの上場後、株価が暴落した時に、死んで株主にお詫びしろと迫って来た黒い世界の住人の臭いと同じものを祐馬は感じた。だが恐れることはない。俺は彼らとの戦いに勝利し、だからこうして今ここにいるのだから——と祐馬は自分に言い聞かせる。

祐馬は瞳に、

「ここで待ってるんだよ……」と耳打ちし、武田に近づいて行く。

米沢が見慣れない祐馬を不審そうに見やるが、武田の方は余裕の面持ちで祐馬を見据えてくる。

「西町の会長でいらっしゃいますか」

「武田です。N&Sグローバルの中原社長ですね」

武田がそう即答する。もう調べはついているというわけか、と祐馬は内心苦笑した。

祐馬は武田の貫禄に負けじと見返し、

「ええ」とうなずく。

「経済誌などでよくお見かけしていますよ。どうぞこちらへ」

武田が祐馬を公民館前のテーブルに促す。祐馬が腰かけるのを待って、武田が話し始めた。

「その経済誌であなたは言っていた。企業というものは、むしろ企業自身のものだってね。若いのに大したものだと感心しました。あの後さんざん叩かれたようだが、私はあなたと同じ意見ですよ」

　武田は、私はむしろあなたと同じ世界の人間ですよと言ったのだと祐馬は考えた。狡猾《こうかつ》なロジックの展開をするのだなと思い、しかし一面では当たっているので反論のしようがない。こういう時は相手の土俵に乗るのではなく、ストレートにこちらの要求事項を突きつけるのがいい。

　祐馬は武田の話には何もコメントせずに、ストレートに言った。

「死んだ友人のことで来ました。塩谷航平という者です」

　塩谷という名前を聞いて、米沢があからさまに警戒の色を浮かべる。後ろめたいところがある証拠だった。

　祐馬を見つめていた武田が突然、声を張る。

「おい、誰か、お茶だ！」

　一瞬の内に祐馬を含む辺りの人間に緊張が走り、お茶を用意するため若い町民が公民館に駆け込んだ。

「……で、なんの話でしたか」

上体を乗り出し、武田が祐馬の目を覗き込んでくる。

「友人の塩谷航平のことです。曳山の件でここに来て倒れた、と聞きました。四十物町との約束があったそうで……」

「なるほど、そのことですか。四十物町も手の込んだことをしますなあ、あなたを寄越すなんて」

武田は相変わらずじっと祐馬の目を見据えている。

「塩谷は慎重で筋を通す男でした……」

武田が遮って、

「先生、私は塩谷さんにもさんざん言いました。スクラップ・アンド・ビルド、ですよ。体力のない町が曳山を持っていてもしようがないんです」

「体力……つまり、財政……」

「ええ。私はここに来て七年、ひたすら町づくりをやってきました。四十物町からあの曳山を譲り受けたのもその一環です。この曳山には江戸時代からつづく古い歴史があります。しかしね、歴史というものは未来へもつながっていかなければならない。人間が集まり力を合わせ町が出来上がり、経済が回り、富と繁栄につながる道筋がなければならない。その道筋のいわばシンボルがこの曳山です」

　ひと呼吸置き、祐馬が言う。

「曳山譲渡には条件というか、約束があったはずです」

「約束なんてものは、はなっからなかった。四十物町の連中が勝手に尾ひれをつけた話でしてね」

「嘘だと言うんですか……」

「負けた人間は難癖をつけたがる。あんたなら、わかるだろう。多くの弱い人間たちを蹴散らして上りつめたあんたになら、わかるはずだ」

　無言のまま、祐馬は武田を見返した。

「そういうことです、先生」

　そう言うと、武田が席を立った。

「クルマ、回して来ます！」

　救われる思いで米沢がそう言い、駐車場へ急いだ。

　祐馬は立ち上がり、武田の背中に声をかける。

「あの曳山、いくら払えば買い戻せますか」

武田が立ち止まる。

「キャッシュで支払いますよ」

こちらを振り返った武田が祐馬を睨みつけた。

「生意気言うんじゃねえ!」

「あなたが仰る、富と繁栄につながるビジネスの話をしてるだけですよ。それがぼくの専門分野なので」

二、三歩祐馬に近づいた武田が、手をあげる。殴られるのかと身構えたが、そうではなかった。武田は正面から祐馬の両肩にやわらかな手を置いた。それから祐馬の耳元に口を寄せてこう言った。

「あんたのコンピュータで米が作れますか? 魚は獲れますか?」

両肩に置いた手を離し、後ずさると武田は一礼した。

「お帰り下さい、東京に。お元気で」

武田はそのまま悠然と駐車場へ向かって行った。

祐馬は呆然《ぼうぜん》としながら、武田善二はあのいかがわしい株主達とはケタが違うのだと思い知った。すべてを飲み込む深く淀《よど》んだ沼のような存在であり、だがその沼の中はひどく居心地がいいのだろう。いずれにしても、祐馬がこれまでに出会ったどんな人物とも違う、奇怪な男なのだった。

武田善二という名前について、祐馬はその時考えた。善が二番目ということは、善以上の価値というものをあの男は懐の深い部分に隠し持っているということだ。

だがまだ勝負はついてはいないのだと祐馬は考える。

ふと、瞳を思い出し格納庫の方を見たが、いつの間にか彼女はいなくなっていた。


瞳は渡辺家の番屋の中に座っていた。

祐馬が戻って来る気配がし、ハイヤーの横にいたスーツ姿の由希子が迎えるのが見えた。瞳は番屋の戸の陰に身を寄せ、外を窺《うかが》う。

由希子が、

「どちらに？」

彼女の質問には答えずに、祐馬が言う。

「会社から何か連絡は？」

「塩谷さんの件は社に報告しておきました」

　祐馬はうなずく。社内には未だに航平を慕う人間が多い。向こう傷を恐れずに祐馬が戦い、それを航平が陰で支える。そういう構図が出来上がっていた。航平は社員達の不満に丁寧に耳を傾け、彼らを温かなもので包み込み、しかし社長の本意とはこういうことなのだと俺は思うよと説得する。そんな航平の死を知り、多くの社員がショックを受けているにちがいない。

　クラクションの音がして、走り込んで来た軽自動車から鉄也と恩田が飛び降りて来る。

　鉄也が、いきなり怒鳴った。

「おい、西町に行ったそうだな！」

　即座に祐馬が返答する。

「おたくには関係ない。俺と航平の問題です」

「おまえ、曳山を買うって言ったんだろ！　おかげで俺はあそこの会長に怒鳴られた。汚《きたね》え真似すんじゃねえってな！」

　祐馬は鼻で笑う。

「汚いって、何が？」

いきなり鉄也が祐馬を殴り飛ばした。膝がぐらつき、祐馬は尻餅をつく。

「曳山はな、売り買いするもんじゃねえんだよ！」

鉄也が怒鳴る。

驚いた由希子が両手で口元を覆う。瞳も驚き飛び出そうとしたが、先に玄太郎が番屋からよろよろと出て来た。

「喧嘩すんじゃねえ！　テツ、この人は曳山のことは、何もわかってねえんだ。それはしょうがないだろう」

恩田が鉄也を背後から抱きかかえるようにしながら、言った。

「親方、こいつも武田もダイオウイカなんだ、煮ても焼いても食えねえんだ。だから無駄だ！」

埃《ほこり》を払って立ち上がった祐馬が、吐き捨てるように言った。

「何が曳山だ。一度手放しておいて、今更泣き言を言うんじゃないよ」

「なんだと！」

祐馬に、鉄也がまた殴りかかろうとする。由希子が止めようと、声をあげた。

「やめて下さい！　警察呼びますよ！」

「呼びたきゃ呼べ！」

　尚も殴りかかろうとする鉄也を、若い恩田が必死に押さえていた。恩田に抱きかかえられたまま、鉄也が言った。

「いいか、二度とここに来るな。航平に線香あげたくなったら新潟へ行け！」

　意外な言葉に、祐馬は鉄也を見る。

「新潟？」

「もうすぐ本家が航平を引き取りに来る。航平の墓は新潟だ、覚えとけ」

　鉄也は恩田を振り払い、クルマへ戻って行く。恩田が慌てて追いかけた。

　瞳が、佇む祐馬をじっと見ていた。

　鉄也が祐馬を殴り、だがそれ以上の大事にならずに瞳はほっとしていた。自分が原因を作ってしまったことを、瞳はひどく後悔していた。そして、血のつながった伯父の渡辺鉄也ではなく、他人であるはずの中原祐馬の方に親近感を抱いている自分を発見し、不思議なことだと思った。

　この人は何か必死に生きている。

　父親の航平ときっと同じ種類の男なのだろう――。

祐馬は由希子から受け取ったハンカチを口元に当てながら、渡辺鉄也というのは厄介な男だなと考えていた。ある意味では武田善二以上に厄介だ。一本気で裏がない。裏がないとネゴシエーションのしようがないではないか。

背中を叩かれ、振り返ると西村玄太郎だった。

「悪気はないんだ、許してやってほしい。気分直しに、飲みに行きませんか」

祐馬はうなずいた。

4章　約束

玄太郎に教えられたスナックへ向かいながら、祐馬と由希子は内川に係留された漁船を眺めた。きっと江戸時代から、いやもっと前から、こうした漁はつづけられてきたのだろう。それを人々は、人間の営みだと言うのだ。

祐馬は、武田の言葉を思い出していた。

「あんたのコンピュータで米が作れますか？　魚は獲れますか？」

あの男は耳元で、そう囁いたのだ。

N&Sグローバルが上場を果たしたのは、二〇〇五年のことだった——と、祐馬は確認するように思い出した。魚を獲り米を作る人間達の長い営みの歴史からすれば、十年なんて一瞬のことでしかない。だがその一瞬に、俺は自らのすべてを捧げてきたのだ——。

N&Sグローバルは上場し、一気に三百億円を超える資金調達に成功した。中原祐馬が、35％の筆頭株主だった。

一万五千円で上場した株価は一万五千二百円で初値がつき、しかし不幸なことに、それから大きく跳ね上がることはなかったのである。膨らむだけ膨らんだネットバブルの崩壊が既に始まっていたのだ。

この年の十二月に行われた最初の定時株主総会は、大荒れだった。株価はその時、上場時の八分の一にまで下落していた。

冷静に考えれば、三百億円を超える資金を調達したのだから、毎年十億円ずつ赤字を垂れ流し続けても、会社は三十年は潰れない状況であった。だが、株主はそれでは承知しなかった。

N&Sグローバルは現金で百八十億円も保有しているのに、時価総額がその半分の九十億円程度にまで下がった。奇妙な話である。一万円のお札が五千円で売られているようなものだった。会社を買収して、その直後に解散すればすぐに九十億円儲かる。そこまで株価が下がり切ったということだ。N&Sグローバルの場合、現金が株価に対する唯一のストッパーだったのである。

その頃祐馬は、怪しげな人物にたくさん面会を求められた。怒鳴り散らす株主の前で、祐馬が土下座する様を、航平はドアの陰から見たことがある。

「株主の立場で言わせてもらうが、あんたに経営を任せておくと、どんどん金が減っていくんだ。死んで株主に詫びを入れるか、会社を売れ」

複数の男達が会社を訪れ、祐馬と航平の二人で対応したこともあった。暴力団まがいの大勢の男達に囲まれ、テーブルを叩かれたり椅子を蹴られたり、怒鳴られたりした。

そんな時祐馬は、ただひたすら謝り続けるのであった。

「すみません、すみません」としか言わなかった。

後で航平に、こう言った。

「経営というのは忍耐なんだな。キレちゃうと、それで終わりだから。俺は耐え切ってみせるよ」

結婚した航平と陽子の間には、子供が生まれていた。女の子で、瞳という名前をつけた。だが航平は、ごくたまにしか家族のもとに帰ることができなかった。

ある夜の長い会議の後、祐馬と航平は二人きりになった。窓ガラスの向こうには東京タワーが見えた。

「余計なことだけどな、航平。ちょっと話がある」

祐馬がそう切り出した。

「なんだ？」

「おまえの家族のことだよ。陽子さんと瞳ちゃんのことなんだけど……」

祐馬が航平の家を訪れることはなかったので、祐馬はまだ瞳に会ったことがない。陽子のことが話題になることもなかったので、航平は少し身構えた。

「万が一にもそんなことはないとは思うが、連日この状況だろう。暴力団まがいの輩《やから》も多いし、二人をしばらくの間、故郷に帰した方がよくはないだろうか。富山だっけ？」

「ちょっと待てよ。おまえに……」

航平がそこまで言いかけた時、二人は同時に、もう十年近くも前に航平が言った言葉を思い出していた。

――おまえにとっても大切なものを、俺が守ることにした。

航平が祐馬を見た。祐馬も航平を見返してくる。

「わかった。そうする」

航平がそう答え、祐馬は薄い唇の端に微かに笑みを浮かべた。

「俺達の会社は惨憺《さんたん》たる有様だけどな、まだ死んじゃいない。ここで諦めるわけにはいかない。時を超えて生存し続ける企業に育てないとな」

「またダーウィンか」

「そうさ」

祐馬が社長室に隠してあるジャック・ダニエルズを持って来て、二人はそいつをオン・ザ・ロックで飲んだ。

企業の使命とは、株主へ利益還元することだ。だがそれだけでいいのだとは、祐馬も航平も考えてはいなかった。企業が奉仕する優先順位としては、第一に顧客、第二に社員、第三に地域社会、そして最後にようやく株主がくるべきなのではないか。

「経営者のカリスマ性が重要なのではなく、企業そのものが究極の作品なんだよ」

祐馬がそう言い、航平はうなずいた。

だがこの時、もともと気質の違う友人同士が決定的にすれ違うことになる。そのことに二人が気がつくのに、さらに十年の時間が必要になるのではあるが——。

あらためて祐馬の理想を聞いて、航平はかねてから温めてきたビジネスプラン、農業の分野に乗り出すことを本気で考え始めたのである。

塩谷航平は社内にプロジェクトチームを立ち上げ、農業分野の事業プランを練ることにした。良質な農産物のネット販売をやろう、というプランだった。

これまで企業が農地を入手するためには、農業生産法人の設立が必要だったが、二〇〇五年に、生産法人でない企業にも自治体が農地を貸し付けることができる特定法人貸付事業が全国で始まった。

建設業や鉄鋼業、小売業から宅配業まで幅広い企業が農業に参入し、農協を通さない流通を模索し始めたのだ。無農薬の水耕栽培による植物工場も、あちこちに設立され始めた。

普通の畑で栽培する場合にも、無農薬を売り物にするケースが増えていった。野菜の種類もトマトやレタスからアスパラ、カボチャ、スイートコーンと拡大した。

航平はこうした新しい農業の現場を精力的に視察していた。軽井沢の駐車場で無農薬野菜を販売する若いグループに混じって、大声を張り上げながら売り子をやったこともある。なんだか、学生の頃やっていたタイムズ・カンパニー時代が帰ってきたようだった。

農家は高齢化が進んでおり、今や農業人口は一九六〇年代の四分の一にすぎない。十年後には、さらに激減しているにちがいない。

農業は、ちゃんと市場があるのに競争相手が高齢化でいなくなっていくという、珍しいケースなのだ――というのが航平が出した結論だった。

しかし超えなければならないハードルが多すぎる、というのが社長の祐馬の見解であった。

このプロジェクトを巡って二人は会議でしばしば対立するようになった。

「なんで当社の副社長であるおまえが三日間も野菜の売り子をやってるんだよ。コスト意識がまったくないとしか言いようがない」

「子供達にちゃんとした野菜を提供したいと思うんだよ。これは大事なことだよ。大事なことだから、どんなに大変でもやれそうな気がする」

「そう簡単にはいかないって。農産物が安くなりすぎてるだろう？　生産技術の習得には時間がかかるし、相場の変動が激しい」

「いや、俺がやりたいのは農業そのものじゃなくて、農産物のネット販売だから――」

「野菜の仕入れはどうするわけ？」と祐馬。

「これから志のある農家や植物工場のネットワークを構築するんだよ」

「どうやって探すんだ？」

「まずはネットで」

「流通は？　集配センターはどこに置くつもり？　関東だけでやるとしても軽トラックが百台は必要だけど、その資金はどうするんだよ」

「最初はそれぞれの生産者から宅配便で送ってもらうんだよ」

　祐馬が強い口調で反論した。

「それじゃあ縛りがゆるくないか？　求心力がないっていうか。うまくいき始めたところで、みんな独立するに決まってるよ。おまえが考えてるように、都合のいいものばかりでこの世の中は成り立っているわけじゃないんだ」

　少しの間黙った航平が、呟くようにこう言い返したのだった。

「打出の小槌ってものは、あるんだよ」

　祐馬はあきれた。

「そんなものはありゃしない。冗談もほどほどにしてくれ」

　結果的にこの農業プロジェクトは何年もの時間と二億円近い資金を食いつぶし、失敗した。直接的には、これが航平の退社のきっかけになったのである。

N&Sグローバルでは大勢の社員たちが仕事をしていた。塩谷航平が亡くなったというニュースは、既に多くの社員の知るところとなっていた。

廊下を加藤善浩と風間輝樹、太田文平が歩いて来た。

「社長はまだ富山か」

風間がそう言った。

「さすがにショックなんだろ」と、加藤。

若い太田が不服そうな顔をした。

「なぜです？　塩谷さんをクビにしたのは社長でしょ？」

風間は答えない。

足を止めて一つ大きく呼吸すると、加藤が言った。

「沢井が辞表を書いた」

「本当ですか」と、太田。

「本当だ」

風間が、

「……第二の塩谷さんか」と呟いた。

そこへ突然、段ボールを脇に抱えた長い列が入って来た。呆然とする加藤たちに、ダークスーツに身を包んだ男が近づいて言った。

「東京地検特捜部です。中原社長はいらっしゃいますか」

加藤が緊張しながら、

「……取締役の加藤です。中原は富山に出張中ですので私が承ります」

「金融商品取引法違反の疑いで、これから捜索差押を行います」

地検の男はそう言うと、裁判所からの令状を加藤に見せる。加藤は言葉を失った。

捜査員たちが一斉に捜査を開始し、フロアは騒然となった。コンピュータを操作することを禁止され、書類棚の資料が次々に段ボール箱に入れられていく。社員達は立ち上がり、あちこちに携帯で連絡する者もいた。

知らせを受けた沢井卓也が飛び込んで来る。沢井は愕然とし、その場に立ち尽くす――。


運河に面したスナック「海の女王」の店内で、町内会長の西村玄太郎がカウンター席に座っていた。祐馬と由希子がその隣に腰かけている。窓の外はまだ明るかった。

鉄也に殴られた頬に、祐馬は濡れタオルを当てていた。カウンターの中には、ママの富樫《とがしみ》美紀《き》がいる。

片隅に飾られた曳山のミニチュアを、タオルで頬を押さえながら祐馬は見た。玄太郎を振り返り、聞いた。

「曳山って、江戸時代からあるわけですよね。しかしそれにしたって、維持するのにそんなに経費がかかるんですか？」

人のよさそうな玄太郎の顔が曇る。

「二年前になるか、うちらの曳山が脱輪事故を起こしてな。車輪の心棒が折れてしまったんだ。折れた心棒を古い取り置きの心棒に取り換え、破損した標識を修理したんだが、そりゃ金がかかった。町の金はほとんど底をついた」

「想定外の事故か……」

「その上、曳山の曳き手が足りなくなった。海以外何もない町だ。去年だけでも三軒いなくなった……。その頃からだ、西町の会長の武田が曳山を譲ってくれと、しつこく持ちかけてきた。曳山が欲しかったんだ」

祐馬は彼なりに、インターネットを使い調べられることは調べたつもりだった。曳山と呼ばれる豪華な祭礼用車両が、その制作そのものに莫大な経費と人手を必要とするであろうことは容易に推察される。

四十物町の曳山は江戸時代に制作されたものである。当初は、放生津の宮大工たちが山体を制作し、彫刻・塗箔・彫金なども地元の職人の手で行われた。後には、殆《ほと》んどの富山県内の曳山がそうであったように、近隣の技術の進んだ高岡（金工細工・漆芸）、井波（木彫）、城端《じょうはな》（漆芸）などの技工が取り入れられるようになったのである。それにかかる費用は、並大抵ではなかったにちがいない。

さらに玄太郎が言うように、事故などに見舞われた場合の修理には相当の経費が必要だろう。

いずれにせよ、曳山が作られる条件とは、その町が市場経済が発達し富の集中する場所であったということだろう。いわゆる町場《まちば》である。曳山祭りは宗教的な行事であるのと同時に、富と繁栄の象徴でもあった。西町が曳山を欲しがる理由も、その辺りにあるのだろう。

玄太郎が話をつづけた。

「だが、鉄也が言った通り、曳山は売り買いするもんじゃねえ。意地でも断ったよ。……しかしな、来年、再来年、先のことを考えたら限界だった。もう金も人も足りねえ。曳山を守ることは無理だったんだ。そこにつけ込んで、武田がこう切り出した……。曳山を譲ってくれたら、毎年昼と夜と交互に曳けばいいんだとね。今年の提灯山は四十物町に曳かせてやるってな。正直、涙が出たよ。四十物町の提灯に飾られた曳山をこれからも曳くことができる……」

闇の中に浮かびあがる四十物町の提灯山を、祐馬は思い浮かべた。

「だから、町内会長として、曳山の譲渡に応じた……。失《な》くしてから気づくことばかりだな、人生は……」

玄太郎がうなだれ、由希子が新しいタオルを祐馬に手渡した。

「傷、大丈夫ですか？」

「……ああ」

ママの美紀が、

「それにしたって、殴ることないわよね、鉄ちゃんも」と言った。

玄太郎が、上体を祐馬に向ける。

「勘弁してくれ。鉄也は曳山の総代って立場もあってな、西町相手のこととなると、見境がなくなるんだ」

「何もかも、約束が果たされなかったからですか」

「ああ。鉄也と俺の前で約束したことを、武田はケロッと破りやがった。ありゃ、本当の悪党だ。手前《てめえ》が正しいと思えば、人を傷つけることもいとわない。いや、傷つけたことにすら気づいてねえんだよ」

祐馬は、その言葉が自分自身に刺さったように思えた。自分は、そういう意味では間違いなく武田善二会長以上の悪党なのだった。

店の奥にいた数人の客が立ち上がった。

「ありがとうございました。ええと、千六百円ね」

悪党である俺の知らない航平と陽子の世界が確かにここにあったのだ、と祐馬は思った。

祐馬が美紀にタオルを返した。それから、玄太郎に聞いた。

「航平は、ここへ帰って来る前のこと、何か話してましたか？」

「……何も話さなかったな」

「あの体で後ろを振り返っても夢はないもんね」と、美紀。

「航平は、いつここへ？」

玄太郎が遠くを見る目をする。

「三月《みつき》ほど前のしけの日だ。やせ細ってボロボロの体だった」

青い雨の中、橋の上に立つ航平を、祐馬は思い浮かべてみる。

「きっと航平は、死ぬのがわかってて帰って来たんだ」

玄太郎がそう言い、美紀がつづける。

「だから、祭りまでは死んでも生きるんだって言ってた」

「さぞ、悔しかっただろうな……航平は、つながりたかったんだ……」

「そうね。命がけで四十物町の曳山につながりたかったのよ」

玄太郎はうなずき、つづける。

「この町や、鉄也や俺たちともな……だから、西町の武田が約束を守る気がないと知ると、怒鳴り込んで行った」

「……あの、つながるって？」

由希子が聞いた。

「ここじゃ、曳山を曳くことを『つながる』って言うのよ」

「……どういう意味ですか？」と、祐馬。

「それはまぁ、つながってみねえと、わからねえな……先祖とつながり家族とつながり、仲間とつながり町同士でつながる。そして、大地や海とまでつながって……いやぁ、やっぱりつながってみねえとわからねえな、こういうことは」

その時、不意に由希子のスマホの振動音がした。

「すみません。はい、大場です。えっ？……」

由希子が席を立ってスマホを耳に当てる。硬い表情で祐馬を振り返った。その蒼白な表情は、祐馬がこれまでに見たことがないものであった。


北陸新幹線で祐馬と由希子は急遽《きゅうきょ》帰京し、そのままN&Sグローバルへ行き、役員会を開いた。新幹線で東京まで、二時間ほどである。

深夜零時前の会議室には、祐馬を中心に、加藤、風間、太田、そして、沢井ら数名の役員たちが苦渋の顔を揃えている。

「架空取引はいつからやってた」

祐馬の声が会議室の空気を切り裂いた。

「……二年前からです」

祐馬の問いに風間がそう答える。

「額は？」

「累計すると、六十億に……」

「これだけ雁首《がんくび》揃えて、おまえら何やってたんだ！」

加藤たちは事の重大さに萎縮してしまっている。

「聞かれたことに答えろ！」

誰もがうつむく中、ゆっくりと沢井が立ち上がる。皆が、既に辞表を出している沢井を見る。

「……社長は赤字決算を許してくれましたか」

「何？」

「株価が下がり、銀行やファンドの信用を失って資金が途絶えてしまう。それを、社長は許してくれたんですか」

「問題をすり替えるな！」

六十億円の架空取引、それは明白な犯罪である。犯罪と社長である俺のご機嫌取りとを同じ座標軸の中で考えてもらっては困る。だが沢井は話すのをやめなかった。

「風間さんは何度か社長に相談していました。でも、社長はまともに話を聞こうとならず、ご自分の考えだけを押し付けていたんです。もし社長に逆らえばどうなるか、ここにいる皆さんは知っています。だから、社長にはイエスと言うしかなかった。三年前の塩谷副社長のようになりたくないからだ！」

航平の名前を出され、幹部の前で、祐馬が初めて狼狽《ろうばい》する。

「だからといって、粉飾決算をしていいと、いつ俺が言った」

「風間さんにすべてを押し付けて逃げる気ですか！」

祐馬が立ち上がり叫ぶように言った。

「おまえら、俺の会社を潰す気か！」

祐馬の言葉に、多くの役員が失望の色を浮かべる。

意を決したように、加藤が言う。

「……会社はあなただけのものではありません」

「そうです、社長だけのものじゃない」と太田。

沢井があくまでも冷静な口調で皆の言葉を引き取った。

「この会社を作ったのは紛れもなく社長と塩谷航平さんです。私も、この場にいる皆さんも、お二人を心から尊敬し、入社しました。ですが、塩谷さんが去られた後、この会社は変わりました。確かに業績は伸びたかもしれない。でも同時に、失ったものも計り知れない」

「失ったもの？」

沢井がつづける。

「風間さんは純粋に会社を守りたかったんです。いえ、風間さんだけじゃない。社員全員が同じ気持ちのはずです。会社はここで働く社員みんなのものだ」

返す言葉を、祐馬は見つけることができなかった。

言いたいことは山ほどあった。若い沢井の発言は論理的には穴だらけだとも思う。しかしこの場で自分が論理的な筋道を立てられたとしても、一度バラバラになった人間の心をまとめることはもはや不可能だ。そう感じた時に、祐馬は覚悟を決めた。

席を立つと、無言のまま会議室を出て行った。

会議室の前で控えていた由希子は、突然退室して来た祐馬に驚いた。由希子が呼び止める間もなく、祐馬は足早に歩き出した。

ガラス張りのフロアの中で残業している社員たちが、祐馬を冷めた目で見ている。

祐馬の頭の中で、“This Old Heart Of Mine”が鳴り始める。いつだったか陽子と海を見渡すことができるカフェで聴いたことのある曲だった。俺のこのハートはもう何千回も傷ついた、毎回君が傷つけたんだ——とロッド・スチュワートが嗄れた声で歌う。

今ならそれだけではないとわかる。何千回も、陽子、君は俺を支え救ってくれていたんだ。もう陽子も航平もいないのだという事実が、あらためて祐馬の魂に深い悲しみをもたらした。

俺はたった一人で、どこへ行こうとしているのだろうか？

渡辺家の茶の間では、眠そうな尚樹を抱えて、美也子がテレビに見入っていた。

鉄也は黙ってビールを飲んでいる。

〈N&Sグローバルに家宅捜索〉の文字がテレビに映し出される。

キャスターの声が、鉄也の耳にも入った。

「金融商品取引法違反容疑で家宅捜索を受けたIT企業大手のN&Sグローバルですが、中原祐馬代表取締役社長は代理人を通し、コメントを出しています」

風呂上がりの瞳がキャスターの声に立ち止まる。祐馬の姿が映し出された。

「社長として今回の事態を厳粛に受け止め、徹底した社内調査を含め、厳正に対処します……」

瞳はそっと二階へ向かった。

瞳は自分の部屋に入り、引き出しから航平の携帯を取り出した。〈中原祐馬〉の連絡先表示を画面に出す。


株式会社N&Sグローバルの社長室に独りでいた祐馬は、手のひらの中のスマホを見つめる。

経営者の孤独ってのはこういうものかな、と考える。家族もなく、人生そのものが仕事だった。

群れるのは苦手な自分が、航平となら一緒にやりたいと思って起業したのに、と祐馬は考える。自分一人の責任と判断で会社をハンドリングすることに疲れている——。

スマホを机に置き、窓の外を見つめる。

夜景の中に、赤い東京タワーが見えた。いつだったかこんな時間帯に航平と二人でジャック・ダニエルズを飲んだことを思い出した。

N&Sグローバルの株価が下がり、死んで株主にお詫びしろとタチの悪い株主に迫られていた。陽子と瞳を故郷に帰してはどうかと祐馬が言い、航平がそれを受け入れた夜のことだ。あの頃は、正直、身の危険を感じた。だが祐馬には一緒にジャック・ダニエルズを飲む相手がいた。

卓上のスマホが振動する。

見ると、発信者に〈塩谷航平〉の文字が映し出されている。

「航平……」

祐馬はスマホを手にした。

「もしもし」

返事はない。

「嬉しいな、電話もらって」

ひと呼吸あり、女の子の声が聞こえてきた。

「……テレビ、見ました」

「お父さんは今頃、怒ってるだろうな。二人で一生懸命働いて作った会社だったから……」

返事がない。

「悪い、会社の話を君にして、どうすんだって話だね……もう寝た方がいい。疲れただろう、お葬式とかいろいろあったし……」

「もうすぐ帰ります」

「家じゃないのか。どこにいるの？」

「当てて下さい」

瞳が携帯を海の波にかざした。祐馬が耳に当てたスマホの中で、風の音に混ざり、波の音が聞こえる。

「……海？」

旧漁港の埠頭で、瞳が携帯を赤い灯台に向けた。それから、再び耳に当てる。

「当たりです」

「何してんだ、こんな時間に。もう一時過ぎだよ」

「ひとりになりたい時、ここに来ます」

「ここって……あの赤い灯台か？」

「はい」

「……航平もそうだったのかな」

「ごめんなさい」

「何が？」

「西町に私が連れて行ったから……おじさんに……」

「あれか。もしかして、あんなこと気にして電話を？　いいんだ。むしろ殴られてよかったと思ってる」

「どうしてですか？」

「西町が約束を破ったってことが本当だってわかったから。殴られなかったら、わからなかったんだ、航平の気持ちも……」

それは祐馬の正直な気持ちだった。

「今、痛くないですか、顔……」

祐馬の顔に自然と笑みが浮かんだ。

「大丈夫だよ」

「……よかった」

埠頭に、警ら中のパトカーが姿を見せる。

「あ、それから、もう一つだけ」

「何？」

「曳山のこと、忘れて下さい。本当に冗談だったんです」

警官が、瞳に懐中電灯を向け、「何やってるんだ、早く帰りなさい」と声をかける。

「さようなら」

電話が切られる。

内川沿いの道を、瞳は一人で歩いて行く。

かけ直そうとする祐馬の目に東京タワーが入った。

一つため息をつき、祐馬はもう一度東京タワーを見つめた。瞳の孤独を、祐馬は想った。祐馬と瞳は孤独な者同士であった。しかも彼女はまだ十三歳なのだ。

なあ、航平——と、祐馬は亡き友に心の中で呼びかける。そして彼がかつて自分に言った言葉を、そのまま航平に向かって言う。

「なあ、航平、おまえにとっても大切なものを、俺が守ることにしたよ。約束する。でも俺は勘違いしてたみたいなんだ。それは、N&Sグローバルじゃなかったんだな」

　祐馬は立ち上がり、会社を出た。

　近くにあるカフェバーに入った。店内の喧噪《けんそう》に紛れ、片隅のテーブルに座った。

　やがてパソコンを持った由希子が入って来た。

「遅くなりました」

　パソコンを祐馬に渡す。

「ご自宅にも検察の手が及ぶとは思いませんでした。私物ですが、お使い下さい」

「すまない」

「他にお手伝いできることはありませんか？」

「大丈夫だ」

「いろんなことがありすぎて、大変な一日でしたね」

「疲れたろう。今日はもう大丈夫だ」

「……わかりました」

行こうとする由希子がふと、立ち止まり、

「……差し出がましいとは思ったんですが、これを」

一枚の写真を差し出した。

それは、二つに引き裂かれたものをセロハンテープで貼り合わせた写真で、富士山へ登頂した時、お互いの肩を抱き、朝陽に向かって拳を突き上げている祐馬と航平の後ろ姿が写っている。

「これは……」

「塩谷さんがお辞めになった時、社長がお捨てになったものを勝手に……素敵な写真だったもので、申し訳ありません」

由希子は会釈をして帰って行った。

祐馬は写真を見つめながら煙草をくわえ、ライターで火をつける。

二日酔いで登山しようということになり、だが最初の日は麓《ふもと》の民宿に泊まったのだった。そこでまた飲んだ。翌日はごろごろしていて、登頂したのは三日目のことであった。

そこで、二人ともまた吐いたのだと祐馬は思い出した。夏なのにひどく寒かったことをよく覚えている。

祐馬は煙草の火を灰皿で消し、立ち上がる。

高田馬場にあった航平のアパート兼オフィスから山中湖へ行き、富士山に登頂する間、俺達は性欲の話ばっかりしてたな——と祐馬は思い出す。航平が、電車の中でこう言ったのがきっかけだった。

「人間は類人猿から進化したんだろう？　だけど俺達はたとえばチンパンジーより優れていると言えるのかね？　マジ、疑問だぜ。向こうの方が平和的だし、愛嬌《あいきょう》もある」

そして航平は、チンパンジーの立場になって人間のことを考えてみると、とても奇妙に思えることがいくつかあると言った。

その最大の疑問は、人間はなぜ生殖のための行為を、すなわちセックスを恥ずかしがるのかということだと真面目な顔で言った。

「そういう話を昼間の電車でするなよな」と祐馬は言った。

「だけど真面目な話だよ。多くの動物は、チンパンジーのような高等な動物でさえも、セックスは食物を手に入れたり、それを食べたり、育児に専念したりするのと同じようにごく自然なことだよな。だから動物達は、仲間が見ていようが人間が見ていようがおかまいなしに、おおらかに性交する。人間だけが、洋服であちこち大切な器官を隠し、誰かに見られたら大変だからと密室に雄と雌二匹だけでこもっていろいろなことをするわけだよ」

「まあ、いろいろな趣味の人が存在するにせよ、基本的にはそうだよね」

「それってさ、考えてみれば不思議な話だよ。チンパンジーから見ればって話だけどね」

航平がそう言うので、祐馬は答えた。

「その原因だけどね、いろいろ考えると、どうやら快感のレベルにも関連がありそうだよね。人間のセックスには、オーガズムというものが存在するだろう？　でも動物の性的な快感というのは、人間とは比べようがないほど控え目なものなんだよ」

人間は大脳辺縁系の他に、巨大な大脳新皮質系を装備している。車のエンジンにたとえるなら、ツインカム・ターボみたいなものだ。性感は、この大脳新皮質系の全体にいきわたっている。

窓外の富士山を眺めながら、祐馬は航平に言った。

「チンパンジーだって人間の三分の一から五分の一程度に過ぎないとはいえ大脳新皮質系を持っていて、もちろんオーガズムも存在する。でも、そう単純には考えられないのかもしれないけど、俺達人間が享受《きょうじゅ》する快感の三分の一から五分の一程度の快感なんじゃないかな」

「彼らは、そのささやかな快感を求めてマスターベーションだってする。なんていじらしいんだろう！」

空いていたとは言え、航平は昼間の電車で感嘆したようにそう言ったのである。

山中湖畔の民宿で酒が入ると、二人の性欲の話はさらにエスカレートした。真面目な顔で、航平が言った。

「人間はチンパンジーの三倍から五倍のセックスの快感を享受してるわけだろう？そのあまりのスケベエさに赤面して羞恥心《しゅうちしん》を身につけたんじゃないかね」

祐馬は苦笑しながら答えた。

「科学的な裏付けはない説だけど、人間がチンパンジーに比べると格段にスケベエな存在だというのは事実みたいだな」

「だよな？　だいたい、俺達はいつだって発情してるもんな。それって、動物ではあり得ない話だからな」

動物には発情期があり、その期間しかセックスしない。

「サルの一生を仮に二十年とすると、彼らはそのうち二十週間しか発情していない。人間の平均寿命を仮に八十年とすると、われわれはそのうち……やめておこうか。われながら、恥ずかしい話だぜ」

――そんなにスケベエなわれわれが無事に社会生活を営んでいるのは、多くの人間が嘘つきだからだ――というのがその夜の二人の結論であった。

「お、いい女だなあ。やりたいなあ」

なんて思ってもそんなことをいきなり言うと引っぱたかれるから、とりあえず、

「お茶を飲みませんか？」

なんて悠長なことを言ってみたりする。

二日酔いに苦しみながら富士山の頂上に辿《たど》り着いた時、右の拳を突き上げた航平がなんと叫んだのか、祐馬は秘書の大場由希子にも言えないよなと苦笑する。

「陽子、愛してる！」

航平はそう叫んだのだった。

こいつには敵わないなと祐馬はその瞬間に思い知ったのである。自分と陽子が湘南で泊まったことを知っていながら、ぬけぬけとそう叫んだ航平。陽子にふさわしいのは自分ではなく、彼女を子供の頃から知っているこの男の方なのだ――と祐馬はその時思ったのであった。

富士山を下りて、二人はまた同じ民宿に泊まり酒を飲んだ。

性欲の話は、やがて「母親とは何か」「父親とは何か」という話になった。

「女性って、そもそもスタートからして陰謀の塊だと思うんだよな。サルの雄はいつでも性交可能で、だけど雌の方の出産と育児の事情で発情期が存在するんだよ」

航平がそう切り出した。

人間の雌はその反対をいったんじゃないか、というのが航平の意見なのだった。

「つまりさ、いつでも発情している方が有利だと思いついた雌がある日現れたわけだ。おまえの好きなダーウィンの突然変異ってやつだよ。いつでもセックスできるスケベエな雌が登場したわけさ」

航平のこの陰謀論を、酔いの回った祐馬が補強した。

人間はある時から直立するようになった。しかしこれは出産にはきわめて不利なことだった。直立したために骨盤が狭くなり、難産型の動物になってしまったのである。さらに、大きな脳を持ったために頭が大きくなり、赤ん坊を未熟な状態でしか産めなくなってしまったのだ。

航平が我が意を得たりとばかりに身を乗り出して力説した。

「そうなると、サルやチンパンジーと違って、雄をいつでも手近なところに置いておく方が便利だからな。そういう必要が出てきた。そのことに気がついた雌が、年がら年中雄にやらせてあげるようになったんだ。赤ん坊がいようが、ことによると妊娠中であろうが、朝でも夜でも昼間でもＯＫってわけさ」

「最初は他の雌たちは彼女を軽蔑したにちがいないよな」と祐馬。

航平がこう応じた。

「何よあの女、いやらしいわねえ、恥ってものを知らないのかしら――みたいな感じでな。だけど、いつでもセックスさせるその彼女が特定の雄に庇護《ひご》されながら育児する姿を見て、他の女達もその方が明らかに有利だという結論に達したんだろう」

愛と嫉妬の世界の誕生である。

祐馬は確か、こう答えたのだった。

「あるいは、こうも言えるね。進化の過程で、人間の場合は、いつでもセックスできるスケベエな人達のDNAだけが伝えられることになったんだ。つまり俺達は、かつて多種多様に存在した人々の中で、とりわけスケベエな遺伝子を持った人間の子孫だってことだよ。俺にしても、それにおまえにしてもだよ」

航平は拍手し、やがてもの淋しげな表情を浮かべると、言った。

「人間の雄はチンパンジーの三倍から五倍の性的な快楽を手に入れ、代わりに自由を失ったんだな――」

「そう落ち込むなよ、航平。それよりな、広告戦略だけどさ、あらゆる広告にセックスのメタファーを忍び込ませればいいんだよ。それが成功への道だぜ」

現代人の周囲には性欲を刺激するものがあふれている。

人間は「セックスに身を捧げた種」である。

消費社会が飛躍的に発展することになると、必然的に多くの商品が性をベースに発想・開発され、広告もセックスのメタファーとして機能するようになっていった――

と祐馬は自説を述べた。

人間は異性を誘惑するために衣服のデザインに凝り、官能を刺激するような自動車がもてはやされ、食事するための場所にまで性のメタファーをもり込む。

テレビや雑誌のコマーシャルには、セクシーな若い男女が登場することになる。セクシーな肉体、それを強調するドレス、あるいはセックスをイメージさせるシチュエーションが採用される。

それでも一応、まだ一夫一婦制が維持されていて、「決められた相手としかセックスしてはいけない」ということになっている。

無数の広告が人間の無意識下の性欲を喚起しようと試み、バーやレストランやスポーツクラブから、英会話教室に至るまで、セックスを期待させるようにイメージ戦略が立てられている。

資本主義社会の多くの商品は、人間の性欲と無関係ではない。

「地球の環境が危機に瀕しているのはおまえが言う通りだけど、これは明らかに人間の産業活動が与えた影響によるものだよな？　そして、産業活動の結果、生み出される商品の多くが性を刺激するものであり、商品をアピールするための広告がセックスのメタファーとして機能するものであるとしたら……」

「なんか、笑えない結論に至りそうだな」と航平。

「人類が滅亡した後、創造主が誰かにその理由を尋ねられた時、苦笑しながらこんなふうに答えるにちがいないぜ。『人間がなぜ滅びたか？　いや、あれは失敗だったよ。人間だけは、スケベエに造りすぎちまったんだよなあ』ってさ」

航平は、笑わなかった。黙って安い日本酒を飲んでいた。

富士山頂の写真を見て祐馬が思い出すのは、航平ととことんした性欲の話なのであった。そんな話ができるのも、考えてみれば祐馬には航平しかいなかった。


都内のホテルの一室に、祐馬はいた。

祐馬と航平が拳を突き上げた写真が立てかけてある。写真を見つめていたが、当時のことを思い出して苦笑してしまう。

やがて祐馬は、憑《つ》かれたようにパソコンのキーボードを打ち始めた。

キーボードを打っていると、航平の声が、空気を震わせる音声として聞こえてきた。

「祐馬、おまえは何がしたい……」とあの時航平は聞いてきたのだ。

五年前、N&Sグローバルのガラス張りの部屋で、農業の企画について祐馬が苦言を呈した後のことだった。

「したいこと？　山ほどあるさ。世界が相手だ。もっと会社に体力をつけなきゃな」

祐馬はそう答えたのだった。

「このまま事業規模を拡大し続けるつもりか」

「経済活動ってものは前進か後退かのどちらかしかないんだよ。そんなこと、おまえだって百も承知のはずだろう。俺達に現状維持という選択肢はないんだ」

「しかし、立ち止まらなきゃ見えない景色もある」

「立ち止まった瞬間に、企業は死ぬんだ。巨象が倒れるようにね。だから突き進むしかないんだ」

「……変わったな、おまえは」

こいつはなんて安っぽいことを言うのだろうと祐馬は思った。だから言い返した。

「言わせてもらうけどな、おまえはあまりにも楽観的だ。この企画はいけるだろう、この企画は最低でも五千万の粗利があるはずだ。そんなふうに楽観的に考えて、安心しきって、結果がついてこないとツイてなかったんだからしょうがないと簡単に諦める」

航平は無言で祐馬を見返してきた。

「俺はいつだって悲観的だから、この企画にもどこかにアキレス腱《けん》があるはずだと考え抜く。失敗したらどうしようかと思うと、夜も眠れない。不安から逃れるためにありとあらゆる方法を考える。ビジネスを成功させるには、天使のような繊細さと悪魔のような大胆さが必要なんだよ」

社長室へ行き、祐馬はジャック・ダニエルズとグラスと氷を持って来た。

グラスの一つを、航平に手渡した。

「お袋はホステスだった」

「初耳だな」

祐馬も航平も母子家庭で育った。だが自分の母親の具体的な話は、それまで航平にもしたことはなかったのだ。

「でな、毎晩のように酒を飲まされまくって、過労で亡くなった」

航平は無言のままだ。仕方がないので、祐馬はつづける。

「いいことを教えてやるよ。天国は空の上にあって、地獄は地の底にあるってイメージがあるだろう？　そんなの嘘っぱちだぜ。地獄も天国も、俺たちが日常生活を営んでるこの世界のすぐ隣にあるんだよ。だからふとした歪みで、それが見えたりする。おまえも気をつけろよ、航平」

グラスのウィスキーを飲み干し、航平は今度は自分でジャック・ダニエルズをグラスについだ。

「なんか、怖い話を聞いたような……。酔っててさ、頭が25％ぐらいしか働いてないってのに。悪魔とか、そういう話か？」

「魔が差すとか、魔の刻とかな。そういうのが、すぐ隣で牙を剝《む》いてるんだよ」

「見て来たようなことを言うなよ」

「俺は見て来たんだよ。たぶんな」

借金取りに追われていたお袋が過労で倒れた挙げ句、亡くなった。あれは、魔の刻ではなかったか。

「悪魔がいるなら天使もいるのか？」

航平の方は、その時既に自身の病気に気がついていた。彼にとっての悪魔とは癌そのものであった。

おまえには二人も天使がいるじゃないかという言葉を、祐馬は飲み込んだ。その代わりに、またダーウィンの話をした。

「十九世紀末に出た三つの思想が神を殺したから、人間は孤独になったんだよ」

「一つはダーウィンの進化論なんだろう？」と航平。

ダーウィンは、人間はアダムとイヴの子孫ではなくて、類人猿から進化してきた存在だと言った。これはキリスト教の否定であり、当時はめちゃくちゃ叩かれた。ダーウィンは命さえ危なかった。もう一つはニーチェの哲学である。ニーチェはあからさまに、神は死んだと言い、同時に神の世界の否定の向こう側にニヒリズムを予見してもいた。

そして、もう一人が『精神分析』のフロイトである。魂というのは、神の領域に属するもので、人間が手を触れてはいけないものであった。だがフロイトは、魂というものに科学のメスを入れたのである。

祐馬の話を聞き終えると、航平が言った。

「ダーウィンの進化論、ニーチェの哲学、フロイトの精神分析か」

「それがキリスト教的な従来の価値観にピリオドを打ったのさ。神が支配する世界にピリオドを打ち、そのせいで人間は神の子供ではなく、ひどく孤独な存在になった」

「俺達は孤独なビジネスマンってわけだ」

祐馬は両手を広げる。人間は誰だって孤独な存在なのだと思った。孤独な存在が集まって企業集団を形成し、それが社会を形作り、多くの社会が寄り集まって世界ってものができている。

世界そのものが、考えてみれば孤独な存在なのだ。

祐馬はビートルズの"Eleanor Rigby"を思い出した。たくさんの孤独な人達はどこから来たのだろう、そしてどこへ行くのだろうとポール・マッカートニーが歌うナンバーだ。

二人はまたジャック・ダニエルズを飲んだ。窓の向こうの東京タワーが、発光する注射器のように見えた。

ホテルにいる祐馬は、パソコンを打つ手を止めた。

ルームサービスの従業員がコーヒーを運んで来た。祐馬はコーヒーを一口飲み、眠けを覚ます。

また、航平のことを思い出した。農業ビジネスの企画が正式に見送りになり、その責任を取る形で航平が会社を去る日のことだった。

既に二億円近い金を使い、未だにそのプロジェクトは形になりそうにもなかった。

「長い間、世話になった……」

「取締役会で決まったことだ。悪く思うな」

いや本当はそうではない、と祐馬は思っていた。愛想を尽かしたこいつが俺を棄《す》てるのだ、と。

「むしろよかったと思ってる。おまえの足手まといにはなりたくなかったんだ。いや、もうなってるよな。ごめん」

「おまえ、新しい会社を作るのか？　そこで農業ビジネスを本気でやるのか？　N&Sグローバルを辞めてまでやる価値があることなのか？」

「それは、やってみないと、わからないよ」

航平の新事業は失敗するだろうと祐馬は考えていた。納得のいく失敗をして、また副社長として復帰してくれればそれでいいのだと思っていた。ベンチャー企業なので、独立したり復帰したりという例はたくさんあった。航平もそうしてくれればいい。

三ヶ月前に、航平の妻の陽子が交通事故で亡くなっていた。そのことを、航平は祐馬に話せずにいた。妻の事故の責任が自分にあるような気がしていたからだ。

価値があること？　そんなものは今の俺には一切ないのだと航平は思っていた。俺にあるのは価値があることなどではなく、償《つぐな》わなければならないことだけだ――。

「俺は甘いと思うよ、おまえのそういうところは」

思わず祐馬はそう言ってしまう。すると航平が、普段とは違う厳しい口調で言った。

「世界のあちこちでテロが起こって、この東京だって危険な時代を迎えてしまっているんだよ。そうは思わないか？　そして危険を未然に防止するということで、実質的に目に見えない戒厳令《かいげんれい》が発動されていて、その下に俺達の生活があるようなものだ。その息苦しさ、生きにくさを、俺達全員が共通に抱えているわけだろう？　社会主義モデルは破綻《はたん》した。だけどさ、資本主義モデルだって既に破綻してるんだぜ」

「なんだよ、航平。なんで急にそんなことを言い出すんだよ」

「ビニール質の戒厳令が、俺達全員を蜘蛛《くも》の巣のように搦《から》めとろうとしているんだ。どうして、こうなってしまったんだろう？　祐馬、もはや富の集中と餓死者の増大に歯止めをかけること、地球の環境破壊に歯止めをかけること、人口爆発に歯止めをかけること。その向こう側にしか、人類の未来はないんだよ。そのための農業改革なん

ないあの台詞《せりふ》を吐いたのである。

だ。孤独なビジネスマンにできるのは、その程度のことなのさ」

　そしてその後、航平は決して祐馬が忘れることのできないあの台詞《せりふ》を吐いたのである。


「生命が生命にとって生きやすい環境を作るように、ビジネスもビジネスにとって生きやすい環境を作るべきではないのかね？　そういうこと、考えたことがあるか？」

　既に自らの死を意識していた航平はその一言を、かけがえのない友人への遺言のつもりで言ったのだった。しかし祐馬は、こいつはむしろ俺を憐れんでいるのかもしれないと感じた。それが祐馬のプライドを傷つけた。

　祐馬を見つめ、航平が言った。

「ありがとう」

「ちょっと待てよ……」

　会釈し、立ち去ろうとする航平を祐馬は呼び止めた。

「航平！」

　立ち止まる航平に、祐馬は言った。

「気が向いたら、いつでも戻って来い。それまで、おまえにとっても大切なものを、俺は守っていくよ」

振り返ると、航平がこう言った。

「……うん、いつかまた会おう……体だけは大事にしろよ、祐馬」

そして航平は立ち去り、二度と祐馬の前に姿を現すことはなかったのだ。体だけは大事にしろよ、という言葉を祐馬はもう一度思い出し、あいつは既にあの時自分の病気のことを知っていたのかもしれないと気がついた。

5章　アジアへ

二〇一四年、五月のことである。

航平はアジアを巡る旅の途中にいた。東京を出てから、既に二年の月日が流れていた。農業ビジネスは暗礁《あんしょう》に乗り上げ、多額の負債を抱え会社は解散した。祐馬にも亡くなった陽子にも、そして娘の瞳にも合わせる顔がなかった。そして、病魔が航平の肉体を蝕《むしば》み続けていたのである。

航平はラオスにある少数民族の一部族、タイダム族の村にいた。

バックパッカーとしてインドを放浪してから中国に入り、雲南省《うんなんしょう》からラオスへと入国したのが、先月のことだった。ラオス側の国境の村、ボーテンにまで、中国が進出していることに航平は驚いた。数年前までは二、三軒の食堂と売店、寂れた宿泊所以外は何一つない山奥の町だと言われていた。航平もそのつもりだった。ルアンナムターの市街地から約六十キロメートル、車で一時間ほどの場所である。

初めて訪れたボーテンには、予想外のことだったが、巨大な建築群があった。ラオスの首都ビエンチャンでもめったに見かけないような高層ビルが並んでいるのだ。

そしてあちこちに中国語の道路標示がある。ここは中国なのかと、航平は一瞬戸惑いを覚えた。だが街の全体が、日本風に言うならシャッター通りと化している。中国の郵便局があったが営業していない。通り沿いに立派な建物が並び、しかし歩いているのはラオス人建設労働者が数人だった。巨大なマンション群も見えたが、その殆どが空室だということだった。

中国国内でゴーストタウン（鬼城《きじょう》）が深刻な問題となっているのは航平もよく知っていたが、それがラオス領内にもあることに驚いた。中国はゴーストタウンを輸出しているのだ。

国境エリアは自由貿易地区に指定されており、二〇〇三年にラオス政府が香港系企業に土地を貸与したことから開発が始まったということだ。カジノを中心としたリゾート開発を行う計画だった。中国・ミャンマー国境と同じことをやろうとしたのだろう。

これがビジネスというものの実態か――と、かつて株式会社N&Sグローバルで副社長を務めた航平は考えた。孤独なビジネスマン達が地球に牙を剝いているのだ。

空を見上げると、澄んだ濃い青みがどこまでも広がっている。

この辺りでは同じ民族でもいくつかの集落に分かれて村が点在しており、それぞれ皆が別の家に住んで生活しているのだが、子供達はいつでも自由にあちこちの家に出入りしながら一緒になって遊んでいる。一つの大家族みたいなものだ。

タイダム族の村を、航平は歩いて行く。

集落の真ん中は広場になっていて、いつも二十人もの子供たちで賑わっている。航平が仲良くなったのは生意気な三人姉妹と、その弟の泣き虫の男の子だ。四人を産んだ母親はまだ三十四歳で、穏やかでとても優しく美しい。

航平が市場で買って来たシャボン玉をバックパックから取り出すと、すぐさま子供達が駆け寄って来る。スマホのカメラを向けると叫びながら逃げ回り、だが撮影した写真を見せてあげると、今度は撮ってくれと航平の周囲に集まって来る。

そして子供達は、

「トゥモロウ、ルアンナムター、ソンテウ？」と聞いてくる。

何度も何度も聞いてくるのだ。

「明日にはもうソンテウに乗ってルアンナムターに行っちゃうの？」と聞いているのだ。

ソンテウというのはトラックバスのことで、ルアンナムターは六十キロ先にある。ルアンナムターはラオス北部のルアンナムター県の中核都市で、中国からラオスへ来るバックパッカーの拠点として、次第に人の集まる街になってきている。

子供達に聞かれ、

「うん、明日行くよ」なんて航平には言えなかった。

明日もここにいたいのはやまやまであった。

「いやいや、まだいるよ。ほんとはずっといたいくらいだよ」と航平は子供達に答えた。

病魔に冒されているこの体がもってくれるのなら、もっと長くずっとこの村にいたいのだが、声が前よりも出にくくなっている。心の中で、航平は祐馬に語りかけた。なあ祐馬、ここにいるアジアの子供達は天使そのものだぜ、と。

そして航平は、瞳を思い出した。本当は、瞳と二人でこの旅に来たかった。それは航平にとって、決して叶うことのない夢のようなものであった。

誰にも言っていないことだが、旅立つ前に、航平は一度だけ瞳と会った。ひっそり帰郷し、魚津《うおづ》埋没林博物館の前で待ち合わせたのである。

見違えるほど、娘は大きくなっていた。小学五年生になっていた。埋没林博物館の中のカフェで、二人は向かい合った。

「実は、俺はもう長くはないかもしれないんだ」

航平はそう切り出した。瞳は無言のままだった。小学生の瞳には、よく意味がわからなかったかもしれない。だが航平にはもう時間がなかった。娘に伝えたいことがあった。

テーブルの上に、航平はアジアの地図を広げた。怪訝そうな表情を浮かべ、瞳がそれを覗き込んだ。

「ここがインド。まずインドへ行って、それから中国に入るつもりなんだ。雲南省からラオスへ行く。ここがラオスの国境の村、ボーテンだよ」

地図を指差すと、相変わらず無言のまま瞳がうなずいた。

「ここがルアンナムター」

そう言って航平はつづけた。

「人生というのは、旅によく似てるんだ。いや、旅そのものと言っていいかもしれない。お父さんは――俺は、それをちゃんと確かめたいんだよ」

二人はそれから、富山湾の全体が見渡せる近くの海岸へ行った。蜃気楼《しんきろう》が見えた。

ふと思いついた振りをして、航平は瞳に言った。

「一緒に行くか？」

小さな声で、瞳が答える。

「学校があります」

「そりゃそうだよな。俺は――父親失格だな」

アジアの地図を瞳に渡し、航平は娘と別れた。彼女が自分を、一度もお父さんと呼ばなかったことに、航平は気がついていた。


夜になり、ルアンナムター方向へと延びるバス道を航平は子供達に連れられて歩いて行く。

空気は澄み切っている。夜空には星々が輝いている。花火でもやるのかと思ったら、そうではなかった。

やがて家屋の明かりも届かない真っ暗な田舎道に入った。子供達はあちこちに腰を下ろした。航平も道路に腰を下ろし、寝転んだ。濃い草の匂いがした。カエルや虫の鳴く声が聞こえていた。

誰かに肩を揺すぶられ目を開けると、夜空の一面に星々が広がっている。これまでにこんなに多くの星を見たことがあっただろうか、と航平は考えた。乳を零したように星雲が広がり、流れ星が見える。

航平はいくつもの流れ星を目で追い、やがて星ではない光に気がついた。ホタルだ。夜空と地上の間を舞うホタルがあたかも流星のように見えているのであった。

いつもは騒々しい子供達も、静かにホタルを見上げている。子供の頃、故郷の富山の水田でホタルを見たことがあったのを思い出した。だが、これほどの数ではなかった。

航平は寝転がったまま、ホタルと星々の輝きを呆然と見上げていた。

そろそろ帰国しなければな、と航平は目を閉じて考えた。瞳に会わなければ。

最初は腹に違和感があった。N&Sグローバル在籍中のことである。医師にCT、MRIで診《み》てもらうと、初期の肝臓癌であろうということだった。定期的に放射線治療を受けた。一時、病状は快方へ向かい、だがやがて再発した。医師に強く手術を勧められたが航平は日本を出て来てしまったのである。

ホタルと星々の残像が瞼の裏にのこっている。旅をつづけていたいが、もう体がもちそうにもない。死ぬ時は故郷で死にたかった。
それが航平の、最後の望みであった。

6章　友よ

青みがかった空気の中、赤い灯台の突堤に立ち日本海を見ている航平を、祐馬は想像してみた。

祐馬は再びパソコンを打ち始める。

「航平……」と呟いた。

やがて、東京に夜明けがやってくる。祐馬の前の灰皿に吸い殻が山になっている。

パソコンを打つ手を止め、祐馬は窓外へ目をやる。東京の空が明るくなっていく。

祐馬はエンターキーから指を離す。大きく伸びをして息をつく。

それから、ホテルを出た。

都内の一等地にあるマンションの傍の公園で、祐馬はベンチに座っていた。急ぎ足で、ジャージ姿の沢井がやって来る。祐馬は立ち上がった。

「……すまない、こんな朝早く」

「いえ……一体、どうなさったんですか？」

祐馬は沢井の辞表を取り出した。

「……こいつを取り下げてくれないか」

「はっ？」

「俺は責任をとって社長を退く。成り行きによっちゃブチ込まれるかもしれない」

沢井は無言のままである。

「おまえが言った通り、塩谷と俺とで立ち上げた会社だ。俺の真似ができる奴は大勢いるが、塩谷の考え方を継げるのはおまえしかいない。本気で言ってる。こんなことで、塩谷の意思を……いや、航平を死なせたくないんだ」

「社長……」

祐馬はポケットからUSBを取り出した。

「頼む。塩谷のためだと思って、もう一度働いてくれ。それから、これを急いでうちのニュースサイトにアップしてほしい。可能な限り拡散してくれ。匿名の投稿ということで」

「これは？」

「読めばわかる。この通りだ」

祐馬は沢井に深々と頭を下げた。

富山湾の蒼い海で、定置網の巻き上げ機が唸りをあげていた。

鉄也が漁師たちに、厳しく目を配っている。魚灯を受け、アオリイカが引き揚げられていく。

赤い灯台の向こう、立山連峰の後ろから大きな朝陽が昇る。

やがて、漁を終えた第一四十物丸が帰って来た。

渡辺家の茶の間で、美也子が売上を電卓で計算し始めた。それを鉄也と恩田が見守っている。美也子が計算を終えると、鉄也が、

「どうだ、網代、出せるか」と聞いた。

「アオリイカの値段次第ね……」

鉄也は恩田に、

「すまねえな、今月もしんどい思いをさせるかもしれない」と言う。

「仕方ありませんよ。海を相手にしてんですから、俺ら」

恩田がそう答えた。

内川に第一四十物丸が停泊している。

鉄也と恩田が番屋へ行くと、漁師たちが何やら盛り上がっている。恩田が、

「片付けもしねえで、何やってんだ、おまえら」

「クーデタよ。クーデタしようって話してたの」と、小百合が応じる。

「クーデタ？」

「祭りの夜、提灯山を西町からいただくんですよ」と、良介が言った。

「やべッ、考えただけでゾクゾクする」と、健。

「恩田さんもやりましょうよ」と中村。

「バカか」

小百合が、

「それでマスコミが大騒ぎして、西町のことが全国に広まるよ。約束破った罰が当たったみたいにさ」

「いいね、やりませんか、親方！」と、小菅が言う。

鉄也がぼそりと呟いた。

「……実は、俺も毎晩同じことを考えてた」

「マジっすか」と良介。

「よっしゃ！」と健。

「親方、まさか、本気じゃ……」と恩田が心配そうな顔で鉄也を見た。

「夢を見るのは自由だ。あいつらの気持ちはよくわかる……」

陽に灼けた鉄也は目を細めた。

四十物町の曳山格納庫にはもはや使われることのない数多くの四十物町の提灯だけが置かれていた。鉄也はカブス（魚の分け前）を手に、尚樹と共に佇んでいた。

そこへ、町内会長の西村玄太郎が通りかかった。玄太郎は放生津八幡宮にお参りをした帰りであった。曳山祭りは放生津八幡宮の秋季例大祭なのである。

「テツ……」

鉄也は振り返り、玄太郎に会釈をした。

玄太郎と鉄也は内川沿いのたまりの、小さなベンチに座った。

内川に架かる橋の上から車椅子を押した主婦の圭子《けいこ》が声をかけてくる。

「玄さん！　お母ちゃんが挨拶したいって！」

「元気か？　文《ふみ》ちゃん」

車椅子に乗った老女が小さくうなずく。圭子は、鉄也に会釈する。

鉄也も会釈を返し、圭子は立ち去った。この町は縦だけではなく、横にもつながっているのであった。その中心に、西村玄太郎という男がいた。

鉄也はカブスを取り出した。玄太郎はカブスを受け取り、

「上等なアジだ。いつも、すまねえな」

「いえ……」

「おまえ、いくつになった」

不意に玄太郎が聞いてきた。

「もう四十五《しじゅうご》ですが」

「そうか……階段にたとえれば、踊り場ってとこか」

「なんですか、それ」

「人生の踊り場だ。踊り場からは過去も未来も見えるだろ。俺はそろそろ階段を上り切るとこだけどな」

地面に小石で絵を描いている尚樹に目をやる。

「あの子はまだ階段の一段目をあがった辺りか」

鉄也は微笑んだ。

「来年はもう幼稚園です」

「そうか、もう……悪いことをしたな」

「えっ？」

「縦につながり、横にもつながってた大切なもんを、俺は断ち切っちまったかな……」

「玄さん、もうその話は……。玄さんの気持ちは腹の底からわかってます。俺だって玄さんと一緒に譲渡の判を捺《お》した。責任があるとすれば、俺にもあるんだ」

しばらく無言で鉄也の横顔を見ていた玄太郎が視線を内川に投げ、言った。

「うちの曳山の鏡板な、なんだか知ってるよな？」

鉄也は四十物町の曳山の正面に埋め込まれた、黄金に輝く鏡板を思い出した。

「武内宿禰《たけのうちのすくね》でしょ？」

玄太郎はうなずく。この鏡板は〈武内宿禰の海中投珠図《とうじゅず》〉と呼ばれている。

「三百年以上生きて五代の天皇に仕えたという伝説上の忠臣でな。あの絵柄は、武内宿禰が波を鎮めるために海中に珠を投ずる場面だ。なあテツ、今の俺にはあの武内宿禰がおまえに見えて仕方ないんだよ」

「よして下さいよ、玄さん」

　玄太郎は鉄也を正面から見据える。

「いや、俺のせいでゴタゴタしてしまったのを、テツ、おまえはあの武内宿禰が荒れた海を鎮めたように、鎮めようとしてくれてる。俺にはわかってるよ。感謝してる」

「玄さん――」

「若いうちは何やっても間違いじゃねえんだ。失敗してもすぐに取り戻せる。でもな、この歳になると無理だ。日が経つにつれて、それがどうにも情けなくなってな」

「玄さんから俺、いろんなものを教わりました。俺にとっちゃ玄さんは親父みたいなもんだ。どうか、元気を出して下さい」

　鉄也は真っすぐに玄太郎を見つめた。

　内川を漁船が通り過ぎて行く。


　数日後の朝である。

　市役所で、まだ誰もいないデスクの電話が突然鳴り出した。

　登庁したばかりの職員が電話を取ると、すぐに他の電話機が鳴り始める。

　やがて多くの電話機が一斉に鳴り出した。何事かと数人の職員が顔を見合わせた。

渡辺家の番屋では、朝食中であった。

鉄也、小百合、恩田、健たちがあら汁をすすっていると、スマホを見ていた良介が思わず吹きそうになった。

「見ろよ。ネットニュースの見出しに『四十物町の曳山』って書いてある」

鉄也が顔をあげた。

「曳山？」と小百合。

健が、スマホを見て、

「本当だ」と言った。

「なんだ、そりゃ」と恩田。

渡辺家では美也子がプリンターで印刷したネットニュースを手に取り、読んでいた。

西村理髪店では、玄太郎が客の髭《ひげ》を当たっていたが、小百合が好子に、スマホの画面を見せた。

「ここ、ここ」

「友よ？」

「癌で死んだ友達のことが書いてあるの。西町に渡った曳山を、死んだ友達のためにもう一度、四十物町に曳かせてほしいって……」

「それって、航平さんのことじゃないの」

「そうよ。それで匿名なんだけど、書いた人は、きっとあの人」

老眼鏡をかけながら、好子がスマホを受け取った。

「どれどれ……」

玄太郎はそちらが気になり、つい手元がくるってしまう。

「痛ッ」と客。

「切れちゃいねえよ、心配すんな」

記事は、こんな文章で始まっていた。

〈その町には、
平入り、袖壁、出格子を施した古い町家が並び、
内川と呼ばれる運河には十を数える橋が架かっていた。
立山連峰を望む日本海に面した町だった。

彼はそこで生まれた。

彼が逝くまで、俺はその町の存在すら知らなかった。

富山県射水市四十物町。

癌に冒された彼は、生まれ故郷のその町で逝った。〉

万葉線《まんようせん》に制服姿の瞳が同級生と一緒に乗っていた。傍で男子高校生同士がスマホを見せ合っている。

気になり、瞳は覗き見た。

西町公民館の前には、抗議する高校生たちが集まっている。青年部の米沢正晴を始め西町の人々は苦渋の表情だ。

内川では良介と健が、停泊中の船の上にいる漁師たちにネットニュースをプリントアウトしたペーパーを配っている。

内川沿いの水門前にある魚屋の前ではニュース欄の投稿記事を読み、近所の主婦達が話し込んでいた。

インターネット上の情報の波及力は、旧来のメディアのそれを遥かに超えていた。それを知り尽くした中原祐馬の静かな宣戦布告であった。

祐馬に依頼された沢井卓也はニュース媒体のトップにこの記事をアップしただけではなく、「Twitter や Facebook、LINE を使って情報を拡散した。沢井はタイミングを見て、これを書いたのは今問題になっているN＆SグローバルのCEOである中原祐馬らしいという情報をリークした。そのことで、情報の拡散は一気に加速した。

地方新聞が記事にし、地元のテレビ局も取り上げた。

〈友よ。

おまえが大事に持っていた祭りの法被を久しぶりに見せてもらった。

藍色の背中には、「四十物町」と白く染め抜かれていた。

この町で三百年以上続く曳山祭りを、

おまえがこよなく愛していたことも俺は初めて知った。

友よ。

おまえが愛した曳山。
それを曳くことを「つながる」と言うことも教えてもらった。
つながる。
それは単に、曳山と曳き手とのつながりに止《とど》まらず、
神と先祖と、町と、その町に住む人々とがつながることを意味する、
深い言葉だった。
そして、遠く離れた東京で暮らすお前の心も。
常に曳山とつながっていたことを、俺は知った。
そして、
愛した曳山が、他の町へ譲渡されたと知ったおまえの激しい憤《いきどお》りを、
俺は知ることになった。
友よ。
四十物町の曳山が西町に譲り渡されたことは、
仕方のないことだったのだと俺は思う。

少子化や人口減は日本のどの地方も抱えた悩みで、
他ならぬ四十物町も、
財政難や人手不足が原因で曳山を維持できなくなった。
だから、商業施設の誘致に成功し、
人口が増えた新興の西町への曳山の譲渡は致し方のない流れだった。
悔しいだろうが、そのことはおまえも十分に承知していたはずだ。
だが、誠意のある男であり有能なビジネスマンだったおまえが、
どうしても納得いかなかったのは、
約束を破られたことだった。〉

工場街の見える河口にクルマを停めて、米沢正晴が待っていると、武田善二会長のクルマが走り込んで来た。クルマが停まり武田が顔を出すと、米沢がネットニュースのプリントアウトを渡した。読み始めた武田が顔をしかめる。

「なんなんだ、これは？」

「ネットに流れてるんです」

もう一度顔をしかめ、武田は舌打ちする。

渡辺家では、鉄也がニュースを読んでいた。鉄也には、誰がこれを書いたのかすぐにわかった。小賢しいことをしやがってという気分が鉄也になかったと言えば嘘になる。だが、これが変化のきっかけにはなるかもしれない。

やがて、意を決したように鉄也は立ち上がった。

そのまま、製材所へ軽自動車を走らせた。鉄也はオーナーの曳山協議会会長の網和《あみかず》彦《ひこ》と社員の小藤《こふじ》卓《たく》にニュースをプリントアウトしたペーパーを手渡した。

「これを曳山協議会で読めと……なるほど」と網がうなずいた。

「お願いします。そいつは塩谷航平の思いです」

「待てよ、テツ。青年部としちゃ、明日は西町に抗議しようと思ってる。そんな生ぬるいことで済ます気か」

青年部会長の小藤卓が鉄也に詰め寄った。

「いや、読んでもらうだけで十分だ。今さら言った言わないで祭りを汚したくないんだよ」

鉄也はそう答えた。それが海の町で生きてきた鉄也の本心であった。

株式会社N&Sグローバルのオフィスフロアで、社員たちが呆然と立ち上がっていく。

彼らの視線の先には、地検特捜部に連行されていく取締役の風間輝樹の背中があった。

由希子、加藤、太田達が呆然と見送っている。

そこへ祐馬が入って来た。

すかさず地検の綿貫《わたぬき》という男が歩み寄る。

「先日は富山にご出張だったそうですね。元共同経営者だった方がお亡くなりになったとか」

無言のまま、祐馬は綿貫を見返した。

「近々、事情聴取のお時間をいただきますので、常に所在を明らかにしておいて下さい」と綿貫が言い、地検特捜部は立ち去った。

所在を明らかに――という言葉が祐馬の耳にのこった。

俺の所在？

それを今いちばん知りたいのは、この俺自身だよ。

スナック「海の女王」の店内では、小百合と美也子が、美紀が広げた新聞記事を見ていた。

〈ネットを中心に波紋　四十物町の曳山は誰のものか〉という見出しが躍っている。

「あのネットの記事のおかげですごいことになってんのね」と小百合が言った。

「あの人なんでしょ、あれ書いたの」と美也子が小百合の顔を覗き込んだ。

「たぶん、中原祐馬」と美紀がうなずいた。

小百合が言った。

「東京のチャラい奴だと思ってたけど、航平さんのこと、ほんとに友達だと思ってたのよ」

「だけど、あの人、航平さんのこと何も知らなかったよ」と美也子。

「男の友情って、ライバル同士が一番強いからね」

美紀がそう言う。

「ライバルが？　どういうこと？」と小百合。

「ベタベタの仲良しじゃ、本当の友情なんか生まれないってこと」

「航平さんをクビにしたのも友情？　なんかピンとこないけど。だってここに、俺はおまえを辞職に追い込んだって書いてあるじゃないの」

美也子が納得できないという表情でそう言った。


〈俺はおまえを辞職に追い込んだ。

おまえはそれを自然のことのように受け入れ、俺の前から姿を消した。

辞職と言っても、おまえはやがて帰って来るだろうと思っていた。

だがいつまで待ってもおまえは帰って来てはくれなかった。

本当は愛想を尽かしたおまえの方がすすんで会社を辞めたからだ。


会社の事情は、何も変わらなかった。

理由は簡単だった。変わるべきは俺だった。

そのことに気づくのが遅すぎた。

おまえは俺の手の届かないところへ旅立ってしまった。

友よ。

おまえが生まれ育った四十物町で出会った人がこう言った。

「失くしてから気づくことばかりだな、人生は」と。

まるで俺の心を見透かしたような言葉ではないか。〉

美紀が訳知り顔で言う。

「それも友情の深さなのよ。喧嘩することだってあるでしょう」

「よくわかんないけど、中原って人にとって、航平さんはライバルのまま死んだのかな……」

小百合はそう言いながら、中原祐馬と互角にやり合っていたのだからあの塩谷航平もなかなかに大きな男だったのかもしれないと考えた。

翌朝である。

西村理髪店で、玄太郎が鉄也の髪を整えてやっていた。

好子は床の掃き掃除をしていた。

「淋しいもんだね。曳山がなくなったら、お客もパッタリ少なくなっちゃって……」

玄太郎と鉄也は答えない。

「うちで頭を刈って、曳山を曳くのが当たり前だったもんね……」

玄太郎は何か言いたげだが、耐えている。

鉄也も黙っている。

「この先どうなるんだろうね……祭りの時、どんな顔して家の前を通る曳山を見りゃいいんだか……そうか！　見なきゃいいんだ！」

玄太郎が小さく咳き込み、鉄也はちらりと見る。

「あ、そうだ、鉄ちゃん、昆布締め、こさえたんだよ。持って帰って」

鉄也が答える間もなく、好子は店の奥に下がった。

玄太郎が我慢できず、空咳を繰り返す。

「玄さん、大丈夫ですか？　どっか具合でも……」

玄太郎は笑って、

「……大丈夫だ」

鉄也は心配そうな表情で玄太郎を見た。

旧漁港の会議室では、曳山協議会が行われていた。

網和彦を中心に、法被姿の協議会のメンバー、町内会長と総代が集まっている。

鉄也と玄太郎、青年部会長の小藤卓や青年部総代の米沢正晴もいるが、西町町内会長の武田の席だけが空いている。

数人がプリントアウトされたネットニュースを読んでいた。

〈町の象徴として曳山が欲しい西町は、

譲り受ける条件として、

四十物町と西町が毎年花山と提灯山を交互に曳くという約束をした。

今年は四十物町が提灯山を曳く。

昼に曳く曳山は花山、夜の曳山は提灯山と呼ばれ、

文字通り町の名前を入れた多くの提灯に彩られた提灯山は、

曳山祭りの主役と呼んでも過言ではないものだった。

曳山を譲り渡さなければならないことに違いはなかったが、
これからも提灯山や花山とつながれるという思いが、
四十物町の人たちの心を揺らした。そして、
西町の約束を信じ、曳山の譲渡を承諾した。

ところが、西町はその約束を破った。
当然のように、四十物町の人たちは深く傷つき、抗議を重ねた。
だが、西町側は、そもそも約束などなかったと開き直った。
二度と曳山にはつながれなくなった。
四十物町の人たちの憤りは絶望に変わった。〉

曳山協議会が行われている会議室で、網和彦がこの文書の全文を朗読した。
最後の部分を、網は震える声で朗読する。
「……町づくりも、町の活性化も、祭りとは無縁な経済の話だ。祭りが単に賑やかな

イベントに陥ってしまった時、伝統を誇る曳山の魂は消え失せてしまうということを、警鐘を込め、こうして書くことだった」

後方の扉が開き、背広姿の武田が入って来た。網が武田をちらっと見て、だがつづけた。

「……おまえが愛した祭りは、神々と先祖と、家族と、仲間とつながる祭りだった。魂のつながりこそが、おまえが愛した祭りだったのだから――」

網が読み終えると、誰ともなく全員が拍手する。

武田が黙っていると、網が言った。

「私個人の意思で読ませてもらいました」

武田が網を睨みつける。

「悪質な世論操作に、協議会まで乗るつもりですか」

書記の足立《あだち》が言った。

「どこが悪質なんですか。だいたい、協議会に遅れて来て、法被も着ていないっていうのは、どういうことだ」

武田が平然として言った。

「所用がありまして、失礼しました」

会計担当の本間《ほんま》が、

「四十物町との約束はどうなっているんですか」と詰め寄った。

何人かが興奮して立ち上がり、それを制するように鉄也が立ち上がる。

「その話はやめて下さい。何を言ってもきりがない話ですから。四十物町は挨拶だけさせていただければ、それで……」

協議会副会長の新津《にいづ》が、

「しかし、町中で噂になってますよ」と言うと、武田が立ち上がった。

「この際だ、はっきり言わせていただく。四十物町との約束などなかった」

場内を憤懣《ふんまん》やる方ない沈黙が支配する。二、三度首を振った玄太郎が立ち上がり、

「それでは、ここで……」と、鉄也を促した。

網が二人を見て、

「そうか、四十物町は今日が最後の協議会でしたね」

「はい。皆さんには、永い間お世話になりました」と玄太郎。

「ありがとうございました」

二人が深々と頭を下げた。

「玄さん、本当にこれでいいのか」

「言いたいことがあれば言うべきですよ」

皆が口々に言い、網が皆の言葉をまとめるように、玄太郎に言う。

「せっかくこう言ってくれてるんだ。遠慮なく……」

一同が注目し、玄太郎がようやく口を開いた。

「……それじゃ、お言葉に甘えて一つだけ」

玄太郎が武田を見た。

「武田さん……あんたは今まで、曳山につながったことはありますか」

一同の目が武田に集まる。

「……ない。それがどうした」

玄太郎は鉄也と共に会釈して退室した。会場に微かなざわめきが広がっていく。つづいて、不愉快そうな顔をした武田が立ち上がり、皆に挨拶もせずに会議室を出て行った。

武田は待たせてあった黒塗りのクルマに乗り込み、提灯が飾られ、露店の設営など祭りの準備が進んでいる通りを走って行く。

「止めろ、あの男だ！」

後部座席から、運転している青年部の米沢正晴に声をかけた。

荷物を提げた祐馬が来る。瞳にフランスパンを届けに来たのであった。祐馬の隣にクルマを停めると、祐馬の方でも気がついたらしく立ち止まった。

武田はクルマのウィンドウを半分開いた。武田は鋭い目で祐馬を見据えながら、言った。

「アレを書いたのは、あんただろう……」

祐馬は武田を見返し、答える。

「いえ、塩谷航平が書きました」

祐馬は深々と頭を下げ、武田は無表情のままウィンドウを閉める。ゆっくりと、クルマは走り去った。

内川では多くの漁船が祭りのために大漁旗で飾られていた。

そこへ祐馬がやって来る。薄い茶色のジャケットの下は白いTシャツで、鞄を提げていた。

橋の向こうを自転車で通りかかった瞳が祐馬に気づき、自転車を降りた。今日も制服で、足下が白いスニーカーと同じ白のソックスなのが中学生らしい。祐馬は片手を挙げて合図すると、橋を渡って瞳の方へ行った。

「やあ」

そう言いながら、鞄から何かを取り出す。フランスパンである。祐馬が微笑むので、瞳も戸惑いながらも笑みを返した。

長い間、瞳には亡き母がすべてだった。父親の航平は東京で仕事をしていて、帰っては来なかった。父の航平が会社を辞めたのは、母が亡くなった三ヶ月後のことであった。その時も父親は帰って来なかった。彼は新しい会社を作り、それがうまくいかずに間もなく解散しておそらくはお金を失くした。

そういう話のすべてを、瞳は母の陽子や伯父の鉄也から聞かされたのだった。

お金がなくなったのなら今度こそ帰って来るのかと思ったら、アジアへの旅に出てしまった。

母の陽子が交通事故で亡くなり、瞳は渡辺家に引き取られた。伯父の渡辺鉄也は漁師気質で、一本気で短気で、瞳には優しかったが馴染めないところもあった。

やがて、やっとのことで父の航平が帰って来た。だが頬が削げ落ち、目だけが鋭く以前とは別人で、瞳はそんな父親が最初は怖かったのである。父は何度か、祐馬の話をした。

母親の話からも、父親の話からも、中原祐馬という人物が両親にとって特別な人なのだということが感じられた。だが両親にとって味方だったのか敵だったのか、味方だったのに敵になった人なのか、よくわからないのだ。瞳にはわからないことだらけだった。

ただ一つはっきりしていることは、中原祐馬が母や娘の自分が知らない本当の父親のことをよく知っているにちがいないということであった。

父が帰って来て間もなく、瞳は航平に連れられて、魚津埋没林博物館の近くの海岸へ再び行ったことがあった。富山湾の全体が見渡せた。その時、蜃気楼が見えた。魚津港周辺の蜃気楼は有名なのだが、そんなにはっきりと見えたのは久しぶりのことだった。

遠方の風景などが伸びたり反転したりする虚像が現れるのが蜃気楼だ。その時も伸び上がった建物や工場が、海の上に浮かんでいた。こっそり父親の横顔を見ると、遠くを見つめるその目に涙が浮かんでいた。瞳はそっと、父に寄り添った。小学生の頃にも一緒に行ったことのある、埋没林博物館のカフェに入った。

航平は茶封筒を差し出し、

「これは大切なものだから、失くさないようにな」と言った。

封筒の中には渡辺瞳名義の預金通帳と、印鑑が入れられていた。

「二千万ぐらい入ってる。大学に行く時に使いなさい。大学はたぶん東京だろう？いつまでも伯父さんの家にはいられないだろうから」

声が出なくなった父親とは、筆談で会話した。

父はメモ用紙に、「中原祐馬に会ってくれ」と書いた。なぜ？その理由もぼんやりして、瞳にはどうしてもわからないのであった。

それにしても、と瞳は思うのだ。なぜ父は、あんなに何度も彼に電話をかけたのだろう。そして祐馬は、なぜその電話に出てくれなかったのだろう。そうした思いが胸の中でわだかまり、瞳は祐馬の前ではどうしてもぎこちない態度になってしまうのだ。

祐馬と瞳は、旧漁港へ行った。

瞳は、母が好きだと言っていたフランスパンの匂いを嗅いだ。

「いい匂い……半分あげます」

「いいよ、俺は」

それでも瞳はフランスパンを二つに千切ろうとする。だがパンは硬くてうまくいかない。祐馬が手を伸ばした。

「貸してごらん」

フランスパンを渡す時、祐馬の指先に瞳の指が触れる。瞳は、どきりとした。この人は、私の知らない父と母のことを知っているのだ、と瞳はあらためて考えた。それは彼女にとって、とても不思議なことだった。

祐馬はフランスパンを二つに千切り、一つを瞳に渡した。

「……ありがとうございます」

瞳は受け取った。

「実を言うと腹減ってたんだ。ゆうべから何も食べてなくてね」と言うと、祐馬はパンに食らいつこうとする。

「いただきます」

瞳が丁寧に言うと、祐馬も真似をして、

「いただきます」と言った。

祐馬はパンを齧《かじ》り、

「旨い」と言った。

祐馬と瞳は微笑み合った。二人は海を眺めながらフランスパンを食べた。海の上に広がる青空は既に秋の気配を漂わせている。

「どうして来たんですか？　びっくりしました」

真面目な顔で祐馬が言う。

「このパンを届けに来たんだけど……。いつも寄る東京のパン屋さんで買ったんだよ。俺は思いついたら、すぐ走り出すんだ。で、走り終わってから考える。航平は逆だ。よく考えてから走り出した」

祐馬は不意に食べるのをやめる。自分に語りかけるように、呟いた。

「……今もあいつが死んだって思えないんだ。だから、いつか帰って来るような気がして仕方ない……おかしいだろ。おかしいって頭じゃ理解してても、あいつが帰って来るのを俺はきっと待つんだ。この先もずっと、待ってしまうんだ……」

二人とも黙ってしまう。しばらくして、海の方を見たまま瞳が答えた。

「でも……お母さんは帰って来ませんでした……だから、あの人も帰って来ません……」

祐馬を振り返った瞳は、意外なことに笑顔だった。

「明日は曳山祭りです。見ていきますよね？」

「明日は大事な会議があるんだ。人生でいちばん大事な……」と言いかけ、いや最も重要な会議は航平の解任が決まった会議であったと思い返した。そして、言い直す。

「人生で二番目に大事な会議が、明日東京であるんだよ。今日はフランスパンを届けるのと、もう一つ目的があって来た。君にお願いがあって来たんだ。航平のこと、『あの人』じゃなく、ちゃんとお父さんって呼んでやってほしい。君のお父さんは、一生君のお父さんなんだよ」

二人とも黙り込み、やがて瞳が意を決したように言った。

「明日、秘密の場所に行きます」

「秘密の場所？」

「午前十一時、万葉線の越《こしの》ノ潟《かた》駅で待ってます」

「待ってくれ、だから明日は……」

瞳は祐馬に背中を見せ自転車に歩み寄った。

「ごちそうさまでした。残りは帰ってから食べます」

自転車のハンドルを持ったまま瞳はお辞儀をし、サドルにまたがった。祐馬の返事も聞かずに、自転車を走らせて去って行く。

祐馬は小さくなっていく瞳の背中を見送った。瞳は色濃く母の陽子の面影をのこしているが、一途で頑固な性格は父親の航平にそっくりだなと、祐馬は思った。いずれにしても子供という存在は不思議なものだと、子供のいない祐馬は考えたのであった。

頭の奥の方で、“Come Together”が鳴り始める。ジョン・レノンのソロのヴァージョンの方だ。湘南の浜辺に止めた黄色のフォルクスワーゲンのラジオで陽子と聴いた曲だった。「1＋1＋1＝3」なんてわかりきった正論を言っててもしょうがないぜ、とジョンは歌う。まったくその通りだなと祐馬は思った。

海に向かって立った祐馬は煙草を一本くわえ、ジッポーで火をつける。赤い灯台が見えていた。

7章　祭り

渡辺家の番屋で、鉄也は網の繕いをしていた。一人だった。

この故郷は、光の多い土地であった。しかし年末になると、たとえ快晴の日でも一日に何度も雪が舞うことが多かった。

鉄也は手を休め、煙草に火をつけた。紫煙が川面の方へ流れて行く。煙草を持つ手も、腕も、そして自分の全身が太陽と潮に灼かれ赤銅色をしていることが、鉄也の誇りであった。だがそんな自負が、こんなにも簡単に揺らぐとは思っていなかった。

誇りとは軽やかで、明るく燦然《さんぜん》としており、何よりも目に見えなければならない。そんな誇りが、鉄也は欲しかったのだ。失ってみて、初めて気がついた。あの美しい曳山こそが、まさに自分の誇りであったのだ。曳山を通して、多くのものとつながる。この土地の人間は皆そう考えている。その連綿としたつながりの中心には、誇りというものが存在していなければならない。鉄也はそう思うのだ。

人が去り、故郷は過疎化し、資金も底をついた。町内会長の西村玄太郎が出した結論に、鉄也は逆らうことができなかった。あの時に自分も玄さんも誇りというものを棄ててしまったのだ。

昨日、曳山協議会が終わった後、弱った玄太郎を送って行った。夜になってから、鉄也は密かに西町の倉庫に置かれた曳山を見に行ったのだった。鉄也は路上を透かして見た。遠く仄《ほの》かな白い光が見え、その中心に金色の曳山が置かれていた。西町の若い男達が、忙しなく手入れをしているのが見えた。

それからゆっくりと、内川沿いの道を歩いて帰って来た。

暗闇の中に微かな輪郭を浮かべている町の家々の屋根も、海にせり出した波止場も、そして灯台も、遠くに見えるはずの立山連峰の稜線からも、恐ろしいほどに意味というものが欠落しているように感じられた。世界の中心で息づく誇りの実体が失われてしまったせいだろう。無意味な現実世界の中に放り出された鉄也は、ひどくみじめだった。

こんなことは、東京の人間にはわかるまい――と鉄也は思う。たとえばあの中原祐馬にはわかるまい。曳山の誇りに満ちた美しさというものは、実は現実の曳山には存在しないからだ。曳山はどうあっても美しく誇り高くなければならない。そこでは、曳山をそのような至高のものとして感じ、支える、地元の人間たちの想像力が問われているのだ。そう感じる人間だけが、つながることができる。

中原祐馬が書いたにちがいない〈友よ〉という文章を、鉄也は何度も繰り返し読んだ。上手い文章か下手な文章なのかということは、どうでもよかった。問題はその内容なのだが、そのほとんどに頷くことができる自分に鉄也は驚いた。だが何かひっかかる。昨夜、暗闇の向こうで発光するような曳山を盗み見た時に、その理由がはっきりした。〈友よ〉を読むことで、鉄也は自分の誇りがむしろさらに泥にまみれてしまうような気がしたのだった。

四十物町の若い連中はクーデタを起こすと息巻いた。青年部会長の小藤卓は、青年部として西町に抗議しようと思っているとまで言ってくれた。だがそんなことで、地に堕ちた俺達の誇りを取り戻せるわけではない——と鉄也は思うのだ。協議会で、最後に言いたいことを言えと促された玄さんが武田に、あんたは今まで、曳山につながったことはありますか、とだけ問うた。それは彼の精一杯の誇りの表現だった。そのことを理解できたのはあの会場に自分一人しかいなかったのだ、と鉄也は考えた。

鉄也はコンクリートの床に置いてある灰皿に煙草を押し付けた。

中原祐馬が内川に沿った通りを足早に歩いて来て、番屋の前に姿を現した。それに気がついた鉄也は一つ舌打ちすると、立ち上がった。祐馬の顔を険しい表情で見る。

「……また来たのか」

吐き捨てるようにそう言った。

「もう一度、焼香させて下さい」

「……駄目だ。ネットのアレ、あんただろう。俺たちが何もできねえと思ってやったんだろ」

思いがけない自分の言葉に、むしろ鉄也自身が驚いていた。

祐馬は鉄也を睨みつける。こいつが陽子のアニキなのかよ、と祐馬はあらためて思った。すると陽子にもこういう頑固な血が流れていたということか。

「行きたきゃ、俺を殴ってから行け」

鉄也はそう言った。せせら笑い、つづけた。

「そんな、勇気もねえか」

その瞬間、いきなり祐馬の拳が鉄也の頬に飛んだ。鉄也はドラム缶にぶつかり、コンクリートの床に倒れ込んだ。

その音に、母屋の二階の部屋にいた瞳がハッとする。階段を駆け下りそっと番屋の方を覗くと、鉄也が倒れ、祐馬が入って来ようとするところであった。咄嗟《とっさ》に瞳は身を隠した。

祐馬が奥に行こうとすると、鉄也が起き上がり、

「おいッ！」

振り返る祐馬に向かって、鉄也はニヤリと笑った。

「これで引き分けだ。スカッとしたか」

祐馬はあきれ、だが笑顔になった。

「最高だ……と言えばいいのかい？」

鉄也は祐馬を茶の間へ通した。航平の遺骨を挟んで座る。

美也子がお茶を運んで来る。

「大丈夫？」と、鉄也に濡れタオルを渡すが、鉄也は答えず、タオルを頬に当てる。

階段途中では瞳がそっと階下の様子を窺っていた。

美也子が出て行き、二人になると、鉄也は一つ溜め息をついた。

「あんたも、大変だな……」

「もともと航平と二人でゼロから始めた会社ですから、振り出しに戻ったと思えば、どうってことは……」

「航平とは喧嘩が原因か？」

「ええ……」

「ガキの頃の喧嘩ならともかく、社長と副社長の喧嘩とは物騒だよな」

「でも、いつかまた、会うつもりでいました。結局、叶いませんでしたが」

尚樹が入って来て、鉄也にまつわりつく。

「こら、あっちへ行ってろ」

祐馬は微笑み、美味《おい》しそうにお茶を飲む。

「あんた、子供はいないのか？　奥さんは？」

「いません」

「会社一筋か……親は？」

「親父は顔も知りません。お袋が育ててくれました」

「お袋さんは元気か？」

「いえ、俺が大学に入る前に……。航平も俺に気を遣って、自分の家族のこととか、黙ってたんだと思います」

「優しい奴だったからな」

祐馬はうなずいた。

階段で、瞳が二人の会話を聞いている。

「実は俺も東京に出て、板前の修業をしてたんだ。いつか店を持ちたかった。でも親父が怪我してな。二年で引き戻された……ただ、今は戻って来てよかったと思ってる」

祐馬は鉄也を見つめた。

「子供は育ち、こっちは老いる。納得して、時が流れる。人生っていいなぁと思う……だから、祭りは必要だったんだ。体を使って、人とつながることを憶えられるからな」

納得して、時が流れる——という言葉が祐馬の胸の深いところに響いた。いい言葉だなと思った。

「あんたが書いたアレ、感謝してる……航平にも読ませておいた」

遺骨の下にニュースサイトをプリントアウトした紙が畳まれて供えてあるのを、祐馬は見た。視線を戻すと、鉄也が深々と頭を下げている。

夕方になり、旧漁港前の広場で、曳山協議会青年部の集会が行われている。四十物町と西町を超え、多くの町々を巻き込んだ動きがあった。きっかけは、祐馬が書いたネットニュースの記事である。

「そうだ！」と一同が声をあげる中、曳山協議会青年部会長である小藤卓がマイクを握っている。

大柄な小藤卓は額の汗を拭いもせずに大声で、曳山祭りは神々と先祖と、家族と、仲間とつながるためのものではないのか、と訴えかけた。魂のつながりがなければ祭りなんかやる意味はないのだ、と青年部のメンバーに畳み掛けた。

「だから俺たちは誇りを持ってつながろう。四十物町は俺たちの仲間だ。四十物町との友情を貫くことが、俺たちの祭りでもある！　俺たちはつながるぞ！」

「つながるぞ！」と声をあげる若者たち全員が拳を空に向けて突き上げた。

彼らの背後で、西町青年部総代の米沢正晴が表情を変えず無言でその声を聞いていた。ポケットからスマホを取り出し会長の武田善二にかけようとし、だが一つ溜め息をつくと、青年部の仲間の番号にかけることにした。

大きく流れが変わろうとしていた。

内川の橋の上を、四十物町青年部の杉良介と谷元健が息を切らして走って来る。そのまま渡辺家まで走り、番屋を通り抜け母屋へ駆け込んだ。良介が大声をあげる。

「親方ぁ！　四十物町、明日の提灯山曳けることになった！」

祐馬が驚き、鉄也は思わず立ち上がる。

「本当です、今、決まったんだ！」

胡散臭いものを見る目で、鉄也は良介を見た。

「おまえは粗忽者《そこつもの》だからな。騙《だま》されてるんじゃないのか？」

良介はつまりながらも、たった今曳山協議会青年部の集会が行われたこと、そこで曳山協議会青年部会長である小藤卓が行った演説の内容などを話した。

鉄也が、祐馬の顔を見てうなずいた。

「よし。みんな集めろ！」

赤銅色の鉄也の顔が輝いているのを、祐馬は見上げた。

渡辺家の番屋と内川を挟んで向かい合うスナック「海の女王」に、四十物町の人たちが集まって来た。

電話する者、興奮して鉄也と抱き合う者、むせ返るような熱気や紫煙に包まれ、生き生きとしている人たちを祐馬は眺めていた。

恩田は受話器に向かって言う。

「だから曳けるようになったんだよ。つべこべ言わずすぐに帰って来い。仕事してる場合かよ。よし！　絶対だぞ」

携帯を切った健が恩田に言う。

「オンさん、宏《ひろし》も二人連れて来るって」

「そうか、やれるな俺たち」

小百合が恩田の背中を叩いた。

「ちょっと待って。私もつながるんだよ。人数に入れといてよ！」

その時扉が開き、男が入って来た。小百合が男に抱きついて、

「うわ、関田《せきた》！　何年ぶり？」

「五年、いや六年ぶりだ。嬉しくて飛んで来た」

関田の背後から女性が入って来る。

ママの美紀が言った。

「あら、もしかして？」

関田は顔を赤らめた。

「……結婚したんです」

「エッ」と、小百合は関田から離れる。

美紀が嬉しそうに大声で言う。

「やったね！　さあさ、座って座って……みんな、今夜は飲み放題だよ。飲んで飲んで！」

皆が歓声をあげ、ビールを注ぎ合った。

そこへ、西町青年部の米沢正晴がやって来た。最初は誰も、米沢の存在に気がつかなかった。騒々しい店の入り口に立ったまま、米沢は身をすくめていた。

最初に気がついたのは、カウンターの中にいたママの美紀である。急いでカウンターを出て、人をかき分けながら入り口へ行った。

「いらっしゃい」

大きな声で言い、鉄也を振り返る。

鉄也が米沢に気づき、入り口の方へ歩いて行った。他の皆は静まりかえって鉄也の様子を見守っている。

「いろいろと申し訳なかった……」

米沢の方がそう切り出した。

「いや……」

鉄也はこの米沢正晴という男を、何度も殴り飛ばしてやりたいと思ったものだった。武田会長の腰巾着《こしぎんちゃく》め、いつか足腰が立たなくなるほど殴ってやるからな——と思ったものだった。

その米沢が、言った。

「青年部の皆で、うちの町内会長を説得したんだ。会長も最後には、だったらおまえらの好きにしろって。それで経費のこととか細かなことは今後相談することにして、とりあえずは、西町と四十物町が、花山と提灯山を毎年交互に曳こうってことになった。四十物町さえよければ、この先、一緒にやっていきたい」

鉄也は無言で米沢に手を差し出した。

緊張がとけたのか米沢はあからさまにほっとした様子で笑みを浮かべ、鉄也と握手した。美紀が米沢にジョッキを手渡し、鉄也がビールを注いだ。二人はジョッキを合わせる。

歓声があがり、安堵したように祐馬もジョッキのビールを飲み干した。人をかき分け、鉄也が祐馬に近づきその肩をがっしりとつかんだ。耳元に口を寄せ、怒鳴るように言った。

「二度は言わないからよく聞いてくれ。俺はあんたに感謝してる。だから謝るよ。俺の方があんたにつながるべきだった。そういうことだ。さあ、飲もうぜ」

目の前の祐馬につながり、祐馬が知っている航平につながり、その航平が愛してくれた妹の陽子につながり――その向こう側でこそ、自分の誇りを回復できるのだと鉄也は感じていた。

鉄也が美紀に何事か耳打ちし、彼女がプレイヤーに古いレコードを載せると、大音量で〈ワシントン広場の夜は更けて〉が響き渡った。ディキシーランド・ジャズの代表的なナンバーだ。こういうジャズの聴き方もあるんだな、と祐馬は思った。

歓声があがり、意味の分からない祐馬は呆気にとられた。

美紀が祐馬に、

「知ってる？　この曲」と聞いた。

「ヴィレッジ・ストンパーズの“Washington Square”ですよね。昔、航平によく聴かされたのを思い出しました」

手拍子が始まる。バンジョーがメロディラインを奏でる、明るいような悲しいような、不思議な曲である。

祐馬はチラッと時計を見る。帰京する新幹線の時刻が迫っている。

「ようし、良介！　いけッ」

鉄也が言うと良介が踊り出し、恩田も小百合も、健も関田も踊り出した。

この輪の中に、かつて航平もいたはずだ——と祐馬は考えた。なのに今は自分がここにいる。

「よし！　いつものやるか！」

恩田がそう言い、

「よし！　いつものだ、いつもの！」と小百合が応じた。

「いつものね！」と美紀も言う。

戸惑う祐馬を巻き込み、皆がステップを踏み、踊りながら店を出て行った。〈ワシントン広場の夜は更けて〉の曲に合わせて皆が歌う。

さぁさ　来られよ　笑顔を見せて
明日　われらが　曳山祭り
力合わせて　スクラム組んで
いざ行け　つながろ
俺たち　四十物町
イヤサー！　イヤサー！
イヤサー！　イヤサー！
イヤサー！　イヤサー！
イヤサー！　イヤサー！

鉄也や小百合たちが店の外に出て、踊り続けた。
熱気が最高潮に達すると、誰からともなく、お互いを内川へ落とし始めた。良介が落ち、健が落とされる。風物詩なのだろう、騒ぎを聞いた町の人たちがそれぞれの家から出て眺めては歓声をあげたり拍手したりした。

小百合が祐馬を振り返る。

「航平さんもよくこうして落とされてた」

そう言いながら、小百合が恩田を川に突き飛ばした。

米沢が鉄也に近づき、会釈をした。

「おめでとう、テツ」

米沢にこんなふうに名前を呼び捨てにされるのは初めてのことだった。鉄也が満面の笑みで米沢に握手を求める。

がっしりと握手した瞬間、鉄也が米沢を川へ突き落とし一同が拍手した。水面に顔を出した米沢は笑っている。

対岸で、瞳が大人たちのそんな様子を見ていた。

祐馬だけが、淋しげな表情の瞳に気がついた。右手を挙げて合図しようとした時、いきなり鉄也に肩を組まれた。踏ん張るが、酔った足元がおぼつかない。いきなり小百合に背中を押され、鉄也と一緒に祐馬は内川に落ちて行った。水はもう十分に冷たかった。

祐馬は川面に浮き、したたかに飲んだ海水を吐き出した。満天の星を見上げる。内川のこの水に浮かんでいるのは、俺ではなく航平であるべきだった――。


翌朝である。

内川の川面が朝陽に反射し、輝いている。係留してある船には大漁旗が揺らめいていた。

放生津八幡宮に、十三基の曳山が揃っている。

大勢の観客が見守る中、一番山車の「イヤサー!」の掛け声と共に巡行が始まった。

瞳は自分の部屋で鏡の前に立ち、髪型を整えていた。ふと、ウエストでワンピースをたくし上げ、丈を少し短くしてみる。

階下から、

「瞳ちゃんも手伝って」という美也子の声がして、慌ててワンピースの丈を元に戻した。

台所では、美也子が近所の主婦たちと一緒に大量のおにぎりを作っていた。

瞳はリュックを持ち、階段をそっと降りて行った。廊下から尚樹が瞳を見ている。

子供ながら、四十物町のだぶだぶの法被を羽織っていた。

「……似合うよ、おじいちゃんの法被」

そう言って、頭を撫でた。

祐馬は「海の女王」のボックス席のソファで眠っていた。よれた服を着たまま、毛布をかけられている。

炊きたてのご飯の匂いで目が覚めた。一瞬、自分がどこにいるかわからない。

「おはよう。やっと起きたね」

美紀がキッチンから顔を覗かせた。そうか、昨夜は運河に落とされたのだと思い出した。起き上がり、一つ伸びをする。少し頭痛がした。いくらなんでも飲みすぎだった。

祐馬は、美紀が作った味噌汁を飲ませてもらった。二日酔いの胃に染み渡る。

「……旨い」

朝はトーストとコーヒーとハムエッグというメニューばかりだった。味噌汁にご飯の朝食なんて、何年ぶりのことだろう。

美紀は嬉しそうに、

「ときどき航平さんにも、こうやってご飯を作ってあげてたんだよね。今思えば、具合が悪くて、あんまり食べられなかったんだろうけど、美味しい美味しい、って航平さん。優しかったわね」

祐馬はうなずいた。ご飯のお替わりをもらう。

「ちょっとノロけちゃおうかな。私の昔の亭主も優しくてね。別れてからも毎年、祭りの日に電話するって約束、律儀に守ってくれてんの。何を話すわけでもないんだけど、私が淋しくないようにって……」

遠くから祭り囃子《ばやし》が聞こえる。

「あ、喋りすぎた。あんたが寝坊するから、もう昼の花山が始まっちゃったわよ」

食事を終えて外に出ると、眩しい光に包まれた。法被姿の若者が通りかかる。祭りを迎えた町の空気が昨日とは一変していた。

湊橋の袂《たもと》まで来た時、聞き覚えのある声がした。

「おはようございます」

振り返ると、秘書の由希子が立っていた。

「きっと、ここだと思いまして……ゆうべから電話がつながらないし、本当に心配していました」

祐馬はジャケットのポケットを探るが、スマホが見つからない。

「ああ……川の底だな」

「えっ？」

川を指差し、屈託のない声で祐馬が言う。

「俺が自殺でもすると思ったのか」

祐馬につられて由希子も口元に笑みを浮かべる。

「でも、安心しました」

「で、会議は予定通りあったのか」

由希子の笑みが消える。

「……ええ」

「俺の解任は決まったんだろう？」

「はい」と言って、由希子はうなずいた。

「そうか……これで、航平と同じになったんだな」

祐馬の顔には相変わらず微笑みが浮かんでいる。

「……お二人は車の両輪でしたね」

「えっ？」

「私、入社した時から社長を尊敬していました。でも、塩谷さんのことも大好きでした。お二人と一緒なら、何か新しい景色が見られるんじゃないかってみんな、ワクワクしてました……」

長く自分の下で働いてくれた秘書に、祐馬は優しい眼差しを投げかけた。

「社長の下で働けて幸せでした」

由希子が待たせてあるタクシーを見ると、沢井卓也が降りて来る。祐馬は目を見開いた。

「塩谷さんに、どうしてもお線香をあげたくて、連れて来ていただきました。会社に残ることを、塩谷さんに報告しました」

祐馬は嬉しそうに、

「沢井……」

スーツに身を包んだ沢井が祐馬の前に来る。

「実を言うと、社長に隠してることがありました。塩谷さんは会社を辞める前からご自分の病気のことをご存知だったんです。社長に余計な心配をかけたくない、だから他言はするなと私に……そして、こう仰いました。もし、社長が何かを見失ったら、おまえは勇気を持って、気づかせてほしいと……」

祐馬は無言でうなずいた。

「自分には、その荷は重すぎましたが」

祐馬が沢井を見つめた。

「……ありがとう」

沢井の肩を祐馬は力強く叩いた。

「……お会いできてホッとしました。東京に帰ります」と、由希子。

祐馬はうなずき、

「俺はもう少しここにいたい」

「わかりました」

由希子がタクシーに向かおうとする。

祐馬が沢井を呼び止める。

「そうだ、沢井。社名を変更しろ」

真っすぐに、沢井卓也はかつてのCEOを見返し、答えた。

「いえ、当社は未来永劫、N&Sグローバルです」

苦笑した祐馬は腕時計を見る。十一時が迫っていることに気がついた。

祐馬はタクシーに歩み寄りながら、由希子に言う。

「すまない、このタクシー、使わせてくれないか」

「喜んで。見送られるより、見送る方が好きですから」

通りを何基もの曳山、昼の花山が行く。その華麗で優美な姿が内川の川面に映っていた。その風景の中をタクシーが走り出す。

越ノ潟駅で、瞳は祐馬を待っていた。ちょうど約束の時間だった。制服ではなく、薄いブルーと白のチェック柄のワンピースに白いカーディガンを羽織っている。

対岸へ渡るフェリーが出航を告げる。諦めた瞳がフェリーに向かおうとした時、タクシーがやって来た。

振り返った瞳の顔が輝いた。祐馬がタクシーから飛び降りる。瞳を見つけられない祐馬を見て、瞳は思わず叫んだ。

「こっち！」

瞳を見つけた祐馬が走り出した。

越ノ潟の海上を殆ど乗客がいない小さなフェリーが航行していく。甲板には祐馬と瞳が立っていた。

「秘密の場所って竜宮城とか？」

「あまり面白くないです」

「キツいな、君に言われると」

祐馬は苦笑した。

「……君って言い方、好きです」

思いがけないことを言われ、祐馬は瞳の横顔を見た。


鉄也の家の番屋に、四十物町の法被が干されていた。

恩田たちが提灯山の枠組みを作っている。尚樹が傍で見ている。

そこへ、自転車にまたがった医師の近藤陽介《こんどうようすけ》が通りかかった。鉄也が近藤を見つけ、声をかけた。

「先生、祭りなのに往診ですか。ご苦労様です」

「あ、鉄ちゃんか。いやいや、困ったもんだよ、玄さんなんだが、俺に診させちゃくれないんだ。手前《てめえ》なんぞに指一本触れさせるか、ヤブ医者なんか世の中から消えてなくなれとまで言われてね。医者になってこのかた、あんな言われ方は初めてだ」

鉄也の顔が曇る。

「……玄さん、やっぱり具合が？」

「診察しないことにはなんともね。奥さんも困ってるよ。どうしたもんかね」

鉄也は無言でうなずき、内川沿いの道を駆け出した。

西村理髪店に、鉄也は飛び込んだ。小百合も来ていた。

「あ、親方」

「玄さん、どうしたんだ」

「それが、よくわからないんだよ。昨日の夜からだっていうんだけど、祭りが終わるまでは絶対に動かない、の一点張りで」と小百合が言う。

玄太郎の妻の好子が奥から出て来た。その好子に鉄也が言った。

「クルマ回します。やっぱり病院、連れてった方が」

「いや、このままにしておいて。入院なんてことになったら、それこそあの人、死んでも死に切れない。せっかく曳けるようになった四十物町の提灯山、見せてあげたいのよ」

「でも……」

「あの人も覚悟を決めてる。大丈夫、死にゃしないわ」

曳山――昼の花山――が近づいて来る。二階で、玄太郎は床に臥せ、窓を見上げていた。細い通りを、細心の注意を払いながら曳山が進んで来る。玄太郎が横になったまま眺めている。

家の壁すれすれを巨大な曳山が通って行く。

一斉に掛け声があがり、曲がり角で曳山が押される。男たちは長手《ながて》を持つ手に力を込めた。


祐馬と瞳はバスに乗っていた。

祐馬は窓外の景色を見つめている。深い緑がずっとつづいている。バスは山奥へ進む。バス停の度に客が降り、今では乗客は祐馬と瞳の二人しかいなかった。

不意に、瞳が鞄から折り畳まれた紙を取り出す。

「……あの人が私にくれました」

瞳から受け取り、祐馬は丁寧に紙を開く。

読んだ瞬間、祐馬の手が震える。祐馬が手にした紙には、病床の航平が精一杯に書いたであろう弱々しい文字が記されていた。

〈ひとみへ　いつか　中原祐馬に会ってくれ　そして〉

力尽きたのか、続きは何も書かれていない。

「そして」の文字を祐馬と瞳は見つめる。

「……航平はこの後、何を書こうとしたんだろう……」

瞳は答えない。

「たぶん……俺に会って、自分のことを聞いてほしい……そう言いたかったのかもしれないな。離れていた分、航平は君と、もっと話をしたかったんだ」

終点で降りた二人は、林の中へ入った。祐馬は瞳の後について行った。

林が途切れ、小川があった。川面に太陽の光がはねている。

小川を瞳が渡って行くが、足を滑らせた。祐馬が支え、手を取って渡らせる。

歩き続けた先に、一本の大きな桜の樹が見えてきた。桜の樹の周囲は草地で、光が乱舞している。そこだけ時の流れから切り取られたような、神々しく、神聖な場所のように見えた。

祐馬はその光景に思わず見惚《みと》れた。

「ここが、秘密の……？」

「お母さんが好きだったんです……」

うなずいた祐馬は、若かった陽子を思い出した。

「高校生の時、あの人とここで初めてキスをしたんだって……」

なんだ、高校生の頃からそういう間柄だったんじゃないか、と初めて知った祐馬は苦笑する。航平、何が幼馴染みで妹みたいな存在だよ。大嘘つきめ！

瞳は桜の樹の根元に歩み寄る。

そこには小石が積んであった。

瞳は小石をどかし、バッグに用意してきたシャベルで穴を掘り始める。

「お母さん、ずっと好きだって言っていました……あの人のこと……。だから、あの人にも聞いたんです」

「航平はなんて？」

「入院して、もう声が出ませんでした……でも、泣いてました……泣きながら、私の手を握って……温かい手でした……」

「航平は君に伝えたいことで一杯だったんだ」

悲しみを押し殺すように、瞳は黙って土を掘る。祐馬は穴を掘るのを手伝った。と、ブリキの小さな缶が土の中に見えてくる。

「……お母さんです」

缶の土を丁寧に払い、瞳が蓋《ふた》を開けた。中に、ガーゼにくるまれた小さな骨が置かれていた。それから瞳は、リュックからポーチを取り出した。中には、幾重にもガーゼにくるまれた航平の骨があった。

「航平……」

祐馬が呟いた。

「一緒にしてあげて下さい」

祐馬は航平の骨を陽子の骨の隣に添えた。祐馬と瞳は二つ並んだ骨を見下ろした。

その時、瞳が小さく呟いた。

「お父さん……」

不覚にも、祐馬は涙ぐんだ。

瞳がつづけた。

「……きっとお父さん、あなたに友達だよって言いたかったんです……だから、声が出ないのに電話をして……あなたの声を聞きたかったんです」

「……うん」

「……『そして』の後にも、あなたが一番大切な友達だって書きたかったんです」

二人は黙ったまま、缶を埋め戻した。両手を合わせた。風が横切っていく。二人の背後に広がる散居村《さんきょそん》の水田に、夕陽が射し込んでいた。

バス停に向かって引き返しながら、瞳が言った。

「お母さんが言ってました。一番好きなのはお父さんだって。二番目に好きなのが私だって」

「一番が航平か。幸せな奴だな」

前を行く瞳が足を止めて、祐馬を振り返る。

「そして、三番目に好きなのが中原祐馬さんだって」

不意を突かれ、祐馬は狼狽する。だがすぐに温かいものが胸の奥の方から込み上げてきた。微笑みを浮かべた祐馬は、中学生の瞳を見下ろしながら言った。

「瞳ちゃん、一番目と二番目には大した差はないんだよ。でも、三番目は随分離れてる。それこそ地球と月ぐらい離れてるんだ」

ゆっくりと、祐馬は林の中に入って行った。

富士山に登った後の山中湖の民宿で性欲の話をした時に、航平と、ゴリラやチンパンジーには厳密に言えば父親はいないのだという話をしたことを、祐馬は思い出した。ゴリラやチンパンジーの雄は雌と交尾して子供を作る。ゴリラの雄が寝転がっている上で、子供が遊んだりしている。父と子の美しい風景のようだ。

だが彼らは人間とは異なり、子供のために何かしようとはしない。すなわち、彼らには父親としての資格がない。

――人間だって、本当は同じだよ。男が父親になるのは大変なんだ。

航平がそう言ったのを、祐馬は彼の娘の瞳を見ながら思い出した。

バスを待ちながら、祐馬は煙草に火をつけた。今日は随分幼く感じられる瞳に、静かな声で言った。

「お父さんはね、『そして』の後、俺に『友達だよ』って言いたかったんじゃないと思うよ」

「えっ？」

意外そうな表情で、瞳が祐馬を見る。

「なぜかと言うと、俺達の関係は友人同士という間柄を超えてたんだ。友達以上だった。ほとんど一心同体というか、同じコインの裏と表だった。それで、一つ約束したことがあるんだよ」

じっと、瞳が祐馬を見ている。その透明な視線を感じながら、自分自身に言い聞かせるように祐馬は言った。

「それは、二人の人生を賭けた約束なんだ。お互いにとって最も大切なものを守ろう——という約束さ」

瞳が両目を見開いた。

「俺は間違っていた。航平のために守らなければならないのは、あいつがやがて帰って来るに違いないN&Sグローバルだと思ってた。でもそれはとんでもない勘違いだった。あいつにとって最も大切なものは、瞳、君だ。俺は生涯をかけて君を守りたい」

林の間を通る道の向こうから、一台のバスがやって来た。

その日の夕方である。祐馬は航平の家に駆け込んだ。階段を駆け上ると、壁に航平の法被が掛けられている。しばらくそれを見ていたが、右手で法被をつかみ取ると、そのまま渡辺家に向かった。

鉄也が家から外に出ると、そこへちょうど祐馬が息を切らして駆けて来た。

祐馬が手にした法被を見て、鉄也は驚いた。

「……俺にもつながらせてくれ」

「えっ！」

「曳山に……頼む」

鉄也は祐馬の気迫に圧されながら、

「急にそう言われても」

曳山を素人が曳くのは無理だ。

「この通りだ！」

祐馬は頭を下げた。

鉄也は戸惑いながら、

「あんた今、会社のことでそれどころじゃ……」

「大丈夫。解任された」

鉄也が啞然《あぜん》とした。

「大丈夫って……」

その時、番屋からスーツ姿の男が出て来た。片足を引きずっている。表通りに面した母屋の方から回って来たのだろう。

「中原祐馬さんだね」

「はい……」

「富山県警の岩瀬《いわせ》です」

富山県警捜査二課刑事、岩瀬厚一郎《こういちろう》である。

「地検から、あんたの居場所を見つけてほしいって頼まれてね。ちょっと体、貸してもらうよ」

岩瀬が祐馬の背中に手を添えた。

その時、鉄也の目に、祐馬が握りしめている法被が目に入った。航平の名前が染め抜かれていることに気づいた。鉄也は咄嗟に岩瀬の行く手に立ち塞がる。

「待って下さい！　これから提灯山なんだ」

岩瀬が鋭い視線を鉄也に向ける。そっけない調子で言った。

「だから？」

「ちょっとだけ待ってもらえませんか。一時間、いや、三十分でいい。こいつの友達のために、どうしても曳山につながらせてやりたいんです。死んだんだ、こいつの親友が……一緒に曳山につながる約束をしてたんだよ。だから、どうかお願いします。この通りだ！」

鉄也は懸命に頭を下げる。

岩瀬が祐馬を見た。

「あんた、曳山、初めてなのか？」

「初めてです……」

がっしりした体軀の岩瀬が、痩せた祐馬の全身を値踏みするように頭のてっぺんから爪先まで眺めた。

「気をつけないと、怪我するよ。実は俺も若い頃にやっちゃってさ」

そう言いながら、老刑事は片足をさする。鉄也が、

「俺が守ります！」と言った。

祐馬に自らつながることで、俺は誇りを取り戻すことができたのだと鉄也は思った。今はその恩返しをする時なのではないか。

岩瀬が祐馬を見つめる。

「……中原さん」

「はい」

「明日の朝七時。湊橋」

祐馬は意外そうな顔をする。

「刑事さん……」と鉄也。

「来れるか」

岩瀬が祐馬の目を覗き込みながらそう聞いた。

「はい、必ず」

岩瀬はうなずき、片足を引きずって立ち去って行く。足元に黒い影が落ちている。

その様子を瞳がじっと見ていた。祐馬と鉄也は揃って岩瀬の背中に深々と頭を下げる

──。

放生津八幡宮の秋季例大祭、放生津曳山祭りは、早朝から深夜まで、十三の町に江戸時代から伝わる曳山が列を作って漁師町の狭い道を巡行する祭りである。典雅な曳山囃子を奏でながら十三基の曳山が曳かれて行く。

昼は花山で、それが夜になると提灯山に変わる。

祐馬が鉄也に連れられて新湊庁舎の広場に着くと、ちょうど次から次へと昼間の花山が最後の角を曲がって来るところであった。曳山の前後に人が立ち乗りし、拍子木《ひょうしぎ》を持って動きを指図しているのが見えた。

青く澄んだ空を背景にした、清々しい花山巡行だ。要所では御神楽《おかぐら》があげられ、花山に敬意が払われている。

鉄也に連れられて、祐馬は人込みをかき分けながら到着したばかりの曳山を見て回

ったが、圧倒されてしまい鉄也の言葉が耳に入らなかった。

到着した曳山はそれぞれ、急いで提灯山へと衣替えの準備を始める。花山巡行がおよそ四時半に終了し提灯山の出発は六時半頃で、その間二時間ほどしかないのである。湊橋の上は大勢の人だかりで、内川の両岸にも大勢の人達が座っていた。周りも結構な人だかりで、多くの人達がカメラを構えている。

内川遊覧船が曳山観覧のツアー客を乗せて場所を取っている。

ゆっくりと、日が暮れてきた。

夜の帳《とばり》が落ち、やがて新湊庁舎の広場は暗闇と静寂に支配される。

中空に月がかかっている。あの月のように、曳山は暗黒を照らす象徴として作られたのだと祐馬は思った。

唐突に、大太鼓が打ち鳴らされた。その音を合図に「イヤサー、イヤサー！」と何百人もの、曳山につながる曳き手たちの声が地鳴りのように響き出し、十三基の曳山の四方を囲んだ提灯に一斉に明かりがともされた。

「イヤサー！」とは万歳を意味する「弥栄」に由来した掛け声である。「弥栄」と書いて「いやさか」と読む。ますます栄えるという意味であり、国や人々の繁栄を祈って叫ぶ掛け声である。

無数の提灯が発する光の圧倒的な美しさに、広場を埋め尽くす観衆達から溜め息がもれた。やがて周囲は拍手に包まれる。

煌々《こうこう》と光を放つ提灯山は夜空を仄かに染め、内川の暗い水面にいくつもの提灯の明かりが映し出されていく。

幾千もの波が立ち、暗い川面で明かりが揺れる。その姿は、曳山が時の流れを超えて航海してきたのだということを人々に思い出させる。

曳山はおびただしい夜を渡ってきたのだ、と祐馬は思った。昼は明るさに身を包み、夜になるとその明るさは提灯の明かりに変わり、江戸時代よりさらに向こうの太古の神々の時代へとつながっていくのである。

曳山を見上げる観衆の顔が、それぞれに提灯の明かりで照らし出されている。彼らは、発光する曳山の向こうの神々を見ているのだろう。

祐馬はもう一度、四十物町の曳山を見上げた。白い提灯に、赤く四十物町と書かれている。

頂上で輝く標識が打出の小槌。四十物町の曳き手の法被の背にも、打出の小槌が白く染め抜かれている。

王様は、菊慈童《きくじどう》である。王様というのは、曳山上部の上山高欄《かみやまこうらん》に鏡板を背にして安置される祭神人形だ。それぞれの町の守護神であり、日本に古くから伝わる神、神道の神、中国の武将、七福神などが祀られている。各町によって王様は大黒天《だいこくてん》、寿老人《じゅろうじん》と松鶴《しょかく》、恵比須《えびす》、布袋《ほてい》、関羽《かんう》と張飛《ちょうひ》、日本武尊《やまとたけるのみこと》、孔子《こうし》など様々である。

四十物町の王様である菊慈童は、能の演目としても有名な七百歳の少年だ。木彫り研ぎ出し彩色の大型の衣装人形であり、右手には筆、左手には菊の葉を持ち経文を書く姿である。その衣装は京都で制作された金襴錦《きんらんにしき》だ。心柱の柱巻の布も王様の衣装と同じ布地である。

鏡板は武内宿禰の海中投珠図であり、幔幕《まんまく》には唐子《からこ》と打出の小槌があしらわれている。そして前人形は和子《わこ》人形である。

こいつは一級の美術品だなと祐馬は思った。しかもこいつは博物館に展示されているわけではなく、今もこの大地の上を人々の力によって毎年巡行していくのだ。

曳山の曳き出しが始まった。

「イヤサー、イヤサー！」

十三基ある新湊曳山の中で最も古い、古新町《ふるしんまち》の曳山が最初に動き始めた。古新町の王様は諸葛孔明《しょかつこうめい》である。

次から次へと十三の曳山が町に繰り出して行く。

昼間とは打って変わったその華やかさに、人々の昂奮も加速していく。

揃いの藍色の法被を着た四十物町の曳き手たち。その黒地の胸には、金色の打出の小槌の絵柄が染め抜かれている。皆が、渡辺鉄也を輪になって取り囲んだ。

その中には、四十物町の法被を着た米沢正晴ら、西町の曳き手たちの姿も見えた。急に決まったことなので、人員を確保できるかどうか、鉄也は内心不安を感じていた。そこへ、西町が手伝いたいと申し出てきたのである。鉄也は素直に礼を言った。そして、そんな中に航平の法被を着た祐馬がいた。

曳山総代の鉄也は曳山を振り返り、鏡板の〈武内宿禰の海中投珠図〉を見上げ、密かに一礼した。玄さんの言葉を思い出したからである。それから皆の方を向いて、右手の提灯を掲げる。

腹から出したよく通る声で言った。

「いいか。四十物町の意地を見せようぜ。手を抜くんじゃねえ、息を合わせるんだ！」

「おう！」と応え、曳き手たちは持ち場に散って行く。

「ようし、つけ！」

鉄也は祐馬を後ろの左側の長手に連れて行った。祐馬の白い顔が、提灯の明かりを受けて紅潮して見えた。

「ここに航平がいる」

幼い文字が刻まれているのを、祐馬は見た。

〈コウヘイ〉

かつて航平は確かにここにいたのだと祐馬は思う。

「つながれ」と鉄也が言った。

祐馬は力強くうなずいた。

「つながろう」と鉄也が言い直す。

俺はおまえに謝る、おまえと俺とは戦うためにいるんじゃない、力を合わせるためにここにいるんだ——という気持ちを鉄也はその短い言葉に込めたつもりだった。

もう一度、祐馬がうなずき、鉄也もうなずき返した。

誇りとは軽やかで、明るく燦然としており、何よりも目に見えなければならない。目の前のこの曳山こそが、まさに自分の誇りであった。祐馬が力を貸してくれたからこそ、こいつを取り戻すことができたのだ。曳山を通して、多くのものとつながる。この土地の人間は皆そう考えている。そして、その連綿としたつながりの中心には、誇りというものが存在していなければならないのだ。

祐馬が〈コウヘイ〉の文字の上を握った。

鉄也が祐馬の肩を叩いた。

「疲れたら外れて休め。無理しちゃいけない。いいな」

祐馬は三たびうなずいた。

「いくぞ!」

鉄也が大声で言い、先頭へ駆けて行くと笛を吹いた。

今、四十物町の曳山が動き出す。

「イヤサー、イヤサー!」

曳山が進む道は、提灯の灯で明るかった。アスファルトの路上には、何年にもわたって曳かれてきた曳山の車輪の痕がのこっている。それだけこの曳山は重いということだろう。

　もう十月だというのに、すぐに背中にうっすらと汗をかいた。

　笛の音や歓声が、遠い潮騒のように聞こえる。全身に力を込めているのに、祐馬は現実の感覚が遠のいていくように感じていた。考えるな、と祐馬は自分に言い聞かせる。全身の力を出し切り、考えるのではなく、感じるのだ。何を？　航平を、過去とのつながりを、そして神々の気配をである。

　やがて曳山が下り坂に差し掛かった。

　鉄也が笛を吹き鳴らした。

「踏ん張れ、腰を落とせ、踏ん張れ！」

　勢いに乗る曳山を止めるため、祐馬も必死に長手にしがみついた。

　瞬く間に吹き出した汗が祐馬の体を流れていく。想像以上に、腕だけではなく、全身に力を込めることが求められるのであった。

　曲がり角になり、今度は足元だけを見ながら全力で押す。観衆が声援を送ってくる。急な曲がり角は最も事故が多い場所でもある。

　曳山は賑やかな商店街を通り抜けて行く。広い通りではそれぞれの曳山が踊るように交叉し合い、細い路地に入ると整然と縫うように進む。急なクランクでは車輪を軋ませた。鉄也が、曳き手たちが曳山と建物の間に挟まれてしまわないよう、細心の注意を払っている。

曳山と民家との間は、僅かしかない。

祐馬はいつしか仲間に溶け込んでいる自分を感じていた。

曳山が、四十物町の道を行く。やがて西村理髪店の前に近づいた。鉄也が大声で言った。

「みんな、威勢よくやれ！　玄さんが見てるぞ！」

「おう！」と恩田たちが声を合わせた。

「これが四十物町の曳山だ！　よく見とけ！」と鉄也。

「イヤサー、イヤサー！」と祐馬も合わせた。

尚樹を連れた美也子も観衆の中にいた。

西村理髪店の明かりを消した二階の部屋で、窓を開け、四十物町の法被を着た玄太郎が椅子にもたれて外を見ていた。

「あんた、来るわよ、四十物町！」と、好子が言った。

その時、四十物町の提灯が玄太郎の目の前にゆっくりと現れ、そして、止まった。

提灯の明かりが玄太郎の顔を照らす。

曳き手たちが一斉に、拳を二階に向けて突き上げる。

「玄さん、イヤサー！」

大勢の声が狭い路地に響き渡った。

好子が曳き手たちに手を振った。玄太郎は感極まって両手で顔を覆った。これで悔いはない、テツ、みんな、ありがとう——。

鉄也は窓の向こう側にいるはずの玄太郎に、声には出さずに語りかけた。玄さん、俺にはとてもあなたの後は継げないが、武内宿禰ぐらいにはなってみせるよ。

後ろの曳山が迫っていた。涙をこらえ、鉄也は笛を吹いた。

それを合図に、四十物町の曳山が再び動き出した。

内川の橋の上を四十物町の曳山が行く。暗い川面に華やかな提灯の明かりが映し出されている。

西町の町内会長の武田善二が川面に映る提灯を見つめていたが、やがて、人波に逆らい歩き出した。祐馬の姿を探す瞳とすれ違った。瞳は武田に気がついたが、武田の方はこの少女のことを知らなかった。

瞳は人波をかき分け、曳山を追って行く。

湊橋へ差し掛かった。橋の両側にはぎっしりと観客が詰めかけている。中央部が盛り上がったこの橋は、いちばんの難所である。

出番を待つ四十物町の曳山が待機した。祐馬の体力はかなり消耗していた。米沢が勧めてくれたペットボトルの水を一気に飲み干した。

小百合が祐馬に向かって声をあげる。

「この先がゴールだよ。でも、あそこを曲がり切らなきゃ辿り着けない。もうひと踏ん張りだから！」

祐馬は唇を嚙み、大きくうなずいた。

確かに、この重量の曳山を直角に曲げるのは至難の業であるにちがいない。この曳山を仕切ってきた総代の渡辺鉄也という男には敬服するしかないな、と手の甲で口元を拭いながら祐馬は考えた。俺は鉄也の指示に従い、渾身《こんしん》の力を込めるだけだ——。

観衆の中から、瞳が駆けて来た。祐馬が瞳に気づき、軽く右手を挙げた。

鉄也が皆に言った。

「よし、そろそろ俺らの番だ！　いくぜ！」

鉄也は笛を鳴り響かせる。

曳山が坂を上り、難所のクランクに向かって行く。太鼓が拍子を刻み、提灯が激しく揺れる。祐馬や曳き手たち全員が、腹から声を出した。懸命に力を入れる。

曳山が軋み、多くの提灯が揺れる。

曳山を支える男たちの足は汗をかいて濡れている。悲鳴のような掛け声がつづいている。そして、応援する観衆の声。

足が滑ってしまいそうになるのを、祐馬は必死にこらえ、腰に力を入れた。暗闇の中で打出の小槌が輝いているはずだ。航平、俺にもわかったよ、俺達が力を合わせてつながれば奇蹟は起きるんだな？　おまえはそう言いたかったんだろう？　絆があれば鬼の宝物である打出の小槌だってこの手にできるはずだと、おまえはあの時そう言いたかったんだろう？　航平、今、俺にもわかったよ。航平、おまえが教えてくれたんだ。なのになぜここに、おまえがいないんだ——。

笛、怒号、すべてが入り混じり、それが力となり、曳山が角を曲がり、坂を力強く上っていく。

「イヤサー、イヤサー！」

掛け声は観衆にも広がり、人々は一体となっていく。

狭い路地で曳き手たちが掛け声を連呼する。提灯山の終焉《しゅうえん》が近い。

四十物町交差点はすぐそこ、目と鼻の先である。

人込みの中で見ている瞳の目も輝いていた。

四十物町の曳山がようやく湊橋に到達した。

「やったな！　四十物町！」と叫んだ観衆の声が祐馬の耳に届いた。

祐馬の手の皮が剝け、長手には滲んだ血や汗が滴っていた。祐馬はもう一度〈コウヘイ〉の刻み文字を見た。前の曳き手の背中が、航平と重なった。航平はいる。ここにいるんだ——そう思うと、祐馬の目から涙があふれてきた。

祐馬は涙を拭おうともせずに、曳山を見上げた。

夜空に向かっている提灯山。その提灯山へ向かって、祐馬は拳を突き上げた。

不意に、夜空に花火が打ち上げられる。

曳山の上で大輪の花が咲いた。

「イヤサー！」の掛け声が一段と高くなった。

祐馬の涙は止まらなかった。
祭りはまだ終わらない――。

翌朝である。

内川の川面は朝の太陽の光を反射していた。

辺りは昨夜の熱狂が嘘のように静けさに包まれていた。渡辺家の番屋の前に祐馬がやって来た。引き戸を開け、手にした航平の法被をそっと置いた。法被は丁寧に畳まれている。祐馬は深々と頭を下げた。

母屋の茶の間では、鉄也が航平の遺骨の前に正座していた。

背後で引き戸が開き、やがて閉まる音が聞こえたが、鉄也は立ち上がりはしなかった。

祐馬は湊橋にやって来た。赤い灯台が見える。

足音がし、祐馬が振り向くと、瞳が走って来るのだった。

瞳は祐馬の前で立ち止まった。二人は数秒の間、無言で見つめ合った。微笑みを浮かべた祐馬はうなずいた。瞳は祐馬に駆け寄り、抱きついた。荒い息の瞳の背中を、祐馬はそっと抱いた。

「ありがとう」

祐馬がそう言った。

涙が一筋、瞳の頬をつたって落ちた。

俺は今——と祐馬は考えた。航平の娘を抱きしめているのだ、と。航平と陽子と瞳と、大切なすべての人達を抱きしめているのだ。

「また、必ず君に会いに来る。約束だ」

瞳はうなずいた。

優しい微笑みを残したまま、祐馬は歩き出した。

黒塗りのセダンがゆっくりと走って来て、停まった。刑事の岩瀬がクルマの助手席から降りて来た。その岩瀬の方へ、祐馬は歩いて行った。

「もういいのか」

嗄れた声でそっけなく、岩瀬が言った。

祐馬は晴れ晴れとした笑みを返した。

後部座席に祐馬が乗り、岩瀬がつづいた。

平入り、袖壁、出格子を施した古い町家の間を走り去って行く黒塗りのセダンが時々建物の間から姿を現すのを、瞳はじっと見ていた。やがて、セダンは視界から姿を消した。

瞳はそれから、父がよくいた赤い灯台が見える岸壁まで歩いて行った。

立山連峰から昇った朝陽を受けた海が、幾億もの破片に砕け散りきらきらと輝いているのを、瞳はしばらく見ていた。

この作品は、石橋冠監督、吉本昌弘脚本の映画
「人生の約束」を原案に書き下ろしたものです。

幻冬舎文庫

●好評既刊
海に降る
朱野帰子

潜水調査船のパイロットを目指す深雪は閉所恐怖症になってしまう。落ち込む深雪の前に現れたのは謎の深海生物を追う高峰だった。運命は彼らを大冒険へといざない……。壮大で爽快な傑作長編。

●好評既刊
リターン
五十嵐貴久

高尾で発見された死体は、十年前ストーカー・リカに拉致された本間だった。雲隠れしていたリカを追い続けてきたコールドケース捜査班の尚美は、警察の威信をかけて、怪物と対峙するが……。

●好評既刊
幸せであるように
一色伸幸

青森の高校教師・中島升美は修学旅行の引率中、片想いしていた先輩と再会する。観光バスの運転手になっていた彼の案内で巡る3泊4日の旅行中に、人生の大切な決断をする感動の連作長編。

●好評既刊
エイジハラスメント
内館牧子

女は年をとったら価値がないのか？——大沢蜜は34歳の主婦。平凡な日々に突如訪れたのは年齢という壁。しかも夫の浮気までも発覚して——。女性が直面する問題をあぶりだした、衝撃作!!

●好評既刊
給食のおにいさん　受験
遠藤彩見

ホテルで働き始めた宗は、なぜか女子校で豪華な給食を作るはめに……。生徒は舌の肥えた我がままなお嬢様ばかり。元給食のお兄さんの名に懸けて、彼女達のお腹と心を満たすことができるのか。

幻冬舎文庫

●好評既刊
あたっくNo.1
樫田正剛

1941年、行き先も目的も知らされないまま、家族に別れも告げられず、11人の男たちは潜水艦に乗艦した。著者の伯父の日記を元に、明日をも知れぬ戦時の男達の真実の姿を描いた感涙の物語。

●好評既刊
第五番　無痛Ⅱ
久坂部　羊

薬がまったく効かず数日で死に至る疫病・新型カポジ肉腫が日本で同時多発し人々は恐慌を来す。一方ウィーンでは天才医師・為頼がWHOから陰謀めいた勧誘を受ける。ベストセラー『無痛』続編。

●好評既刊
歓喜の仔
天童荒太

誠、正二、香は、東京の古いアパートで身を寄せあって暮らしている兄妹。多額の借金を返し、生き延びるため、ある犯罪に手を染める。愛も夢も奪われた仔らが運命を切り拓く究極の希望の物語。

●好評既刊
カミカゼ
永瀬隼介

太平洋戦争末期の腕利きの零戦搭乗員、陣内武一。冴えない平成のフリーター、田嶋慎太。時空を超えて友情で結ばれた、究極の凸凹コンビが、テロ計画から日本を守るため、今立ち上がる!!

●好評既刊
女の庭
花房観音

恩師の葬式で再会した五人の女。「来年も五山の送り火で逢おう」と約束をする。五人五様の秘密を抱えた女たちは、変わらぬ街で変わらぬ顔をして再会できるのか。女の性と本音を描いた問題作。

人生《じんせい》の約束《やくそく》

山川健一《やまかわけんいち》

平成27年11月25日　初版発行

発行人——石原正康
編集人——袖山満一子
発行所——株式会社幻冬舎
〒151-0051東京都渋谷区千駄ヶ谷4-9-7
電話　03(5411)6222(営業)
　　　03(5411)6211(編集)
振替00120-8-767643
印刷・製本—中央精版印刷株式会社
装丁者——高橋雅之

幻冬舎文庫

ISBN978-4-344-42412-8　C0193　や-5-6